El cortejo nupcial helado
en la nieve

Ismaíl Kadaré

El cortejo nupcial helado en la nieve

Traducción de Ramón Sánchez Lizarralde

Alianza editorial
El libro de bolsillo

Título original: *Krushqit janë të ngrirë (Le cortège de la noce s'est fige dans la glace)*

Primera edición: 2001
Tercera edición: 2024

Diseño de colección: Estrada Design
Diseño de cubierta: Manuel Estrada

PAPEL DE FIBRA
CERTIFICADA

Copyright © Librairie Arthème Fayard, 1987
All rights reserved
© de la traducción: Ramón Sánchez Lizarralde, 2007
© Alianza Editorial, S. A., Madrid, 2001, 2024
    Calle Valentín Beato, 21
    28037 Madrid
    www.alianzaeditorial.es

ISBN: 978-84-1148-810-5
Depósito legal: M. 15.870-2024
Printed in Spain

Si quiere recibir información periódica sobre las novedades de Alianza Editorial, envíe un correo electrónico a la dirección: alianzaeditorial@anaya.es

Índice

1. La mañana de un día

En cuanto salió a la calle, sintió que el día que acababa de comenzar albergaba algo sucio. La jornada anterior también había hecho mal tiempo, nublado, y al igual que en la presente los fragmentos de cristal de los escaparates rotos intentaban repetir sobre la acera parte de su luminosidad; sin embargo, tal vez a causa de la niebla o debido a cualquier otra razón, el día anterior había poseído en su enmohecimiento algo lujoso. El presente en cambio, con aquella coloración desvaída que parecía ser absorbida por los objetos hacia el interior de sí mismos, resultaba pobre y en extremo triste. Es sin duda la ausencia de niebla, pensó ella. Se trataba del principio del velo, que resalta el atractivo del rostro de una mujer y que, al parecer, era igualmente válido para la imagen de un día.

Los trozos de vidrio sobre la acera parecían helados. Parte del día había muerto en ellos con anterioridad. Apresuró el paso, sin volver la cabeza hacia las patrullas de soldados situadas delante del Gran Hotel y del edificio de la Banca. En la pared de una construcción más alejada, varias personas encaramadas a una escalera de madera borraban con cal y a golpe de cepillo una gran pintada: «Kosova-República». Habían cubierto ya la sílaba *Ko,* así como el inicio y el final de la palabra *República,* de modo que ahora la consigna se leía: *sova publ.* Si bien apartó con rapidez los ojos de ella como de la imagen inquietante de un lisiado, no consiguió reprimir el impulso de repetir en voz alta: «sova publ, sova publ». Entornó los ojos, como solía hacer cuando trataba de desechar una ocurrencia macabra, pero la asociación no desaparecía esta vez, aunque confusa y aún en embrión, sugerida al parecer por el término *sova,* que en la mayoría de las lenguas eslavas significa «cuervo».

En la calle del hospital, el bordillo de la acera derecha, destrozado por los tanques, aún no había sido reparado. Allí era donde la policía blindada había dividido por primera vez en dos a la multitud de manifestantes. Todavía podían verse las huellas de las cadenas sobre el asfalto. Aceleró el paso. Sobre una columna redonda, los carteles anunciadores de películas y representaciones teatrales estaban medio arrancados por el viento. «Concierto», leyó involuntariamente y desvió la mirada para no enterarse de nada más. Tenía la impresión de que todo aquello ya no eran sino hojas secas y podridas, procedentes de otro tiempo. Las veladas musicales, las películas, los cumpleaños, los domingos habían dejado de existir. No quedaba más que el estado de sitio. Estado de sitio y *sova publ.* Cuervos sobre la llanura sembrada de muertos, como en las viejas baladas.

Más adelante, entre los carteles despegados por la lluvia, sobre la pared lateral de una barraca cerrada, vio la mitad de un retrato de Tito, únicamente los labios y la barbilla, que así, desprovistos del resto de la cara, parecían expresar reconvención y amenaza. ¿Qué es lo que haría el viejo si viviera?, pensó. Sabía que miles de personas, si no decenas de miles en toda Yugoslavia, se habían hecho aquella misma pregunta, dándose las más variadas respuestas.

En la recepción del hospital, delante de las cristaleras, distinguió las siluetas de los policías, que tras los sucesos hacían guardia día y noche. Sin volver la cabeza, mostró su autorización y caminó por la callejuela pavimentada de grava fina que de pronto le provocó dificultades al andar. Una vez en el interior del departamento de cirugía, en cuanto percibió el olor familiar del cloroformo y del yodo, como de costumbre, experimentó cierto alivio. Pero la buena impresión se disipó de inmediato en cuanto, en el corredor interior de la clínica, divisó a un hombre al que no conocía. No fue solo el hecho de que un desconocido hubiera penetrado en la clínica fuera del horario de visitas y ni siquiera se hubiese puesto la bata blanca, hecho este para ella imperdonable, sino alguna otra cosa además lo que alteró su estado de ánimo. La actitud del individuo resultaba un tanto peculiar. Nada en su aspecto delataba que pudiera tratarse de alguien en apuros ni de quien espera angustiado noticias sobre un familiar recién operado, incluso era perceptible que no tenía relación alguna con el hospital. Además, y esto era lo principal, aunque la actitud con que permanecía junto a la pared era la de quien no desea llamar la atención, su talante no evidenciaba el menor signo de vacilación, sino todo lo contrario, una suerte de aplomo amedrentador. La reacción de la doctora ante el desconocido fue en efecto titubeante. Ella, que como jefa de la clínica se distinguía por la severidad en la observancia de las normas, para su propia sorpresa no logró irritarse con él. Su enojo, que hizo amago de brotar a la superficie, se esfumó al punto, desplazado por una sensación de repugnancia mezclada de angustia. Había visto en alguna parte a aquel hombre, pero no conseguía acordarse dónde. Era uno de esos recuerdos de los que nunca estaba segura y que antes hubiera creído relacionados con algún sueño o imaginación suyos que con personas reales a las que verdaderamente conociera.

Al pasar a su lado, los ojos del individuo se volvieron en otra dirección, como si no hubiera advertido su presencia. Por un momento tuvo la tentación de detenerse y preguntarle: ¿quién es usted, qué hace aquí a esta hora?; enséñeme su autorización. Pero, al parecer, el mismo mecanismo que le había impedido irritarse unos segundos antes con el desconocido la privó del impulso de pedirle explicaciones, y siguió adelante sin siquiera intentarlo.

Al fondo del pasillo, tras la maceta de cerámica que contenía un gran cactus, le pareció ver a otro hombre de apariencia semejante, pero enseguida llamó su atención un anuncio pegado en el panel de los trabajadores destacados: «A las 11 horas, asamblea general del colectivo de la clínica. Nadie debe faltar. El Secretario de la organización de base de la Liga de los Comunistas de Yugoslavia.»

El aviso estaba recién escrito, lo que se deducía del brillo de la tinta aún sin secar. Ella frunció el ceño: ¿una reunión sin su conocimiento? Sin embargo se dio cuenta de que no era siquiera capaz de enfadarse.

El acto de cambiarse de ropa en el vestuario, la blancura de la bata que se puso, los saludos intercambiados con los subalternos y la breve reunión de la mañana, todo se confabulaba para intentar reparar en alguna medida la mala impresión que no la abandonaba desde que saliera de casa. Tenía dos operaciones esa mañana. La asamblea vendría después... ¿Y si volvía a plantearse el problema de los heridos en la manifestación? Uf, hizo un esfuerzo por apartar de su mente la cara del desconocido del pasillo. Seguro que había venido para la asamblea. Que se fuera al diablo.

La sala de operaciones estaba limpia, cálida. Existía una armonía familiar entre el leve tintineo del instrumental y el brillo del níquel. La primera intervención fue enteramente ordinaria, una hernia; la segunda, de próstata. Todas las operaciones en las que había intervenido después se ordenaban por sí solas en su mente a partir de las de «aquel día». No podría olvidarlo nunca, hasta el día de su muerte. Los pacientes chorreaban sangre antes de que los rozara con su bisturí. Todo era funesto, como perteneciente a otra época. Lo único moderno eran los instrumentos del hospital, y en cuanto a las heridas, parecían proceder directamente de la Edad Media: tajos abiertos por el acero de los blindados, cortes aterradores... Intentó apartar sus pensamientos de aquello. El bisturí hendió con facilidad la piel del paciente. La grasa quieta, blanca, apareció entre el corte. Oh, Dios, suspiró para sí, ¿podría ser cierto que habían retornado los días pacíficos, las operaciones habituales, o aquello no era más que una ilusión? Según se decía, en las cárceles estaban aplicando torturas horribles...

—Doctora —oyó la voz de la jefa de enfermeras que la estaba asistiendo—. ¿Se ha enterado de lo de las once?

—Sí, he visto el anuncio —respondió sin volver la cabeza.

Las tijeras brillantes que la enfermera tenía en las manos parecían expresar, en ausencia de los ojos, toda su inquietud.

La doctora volvió la cabeza y le sonrió durante un instante, como si pretendiera decirle: no se preocupe, también esto pasará.

La operación de hernia fue breve.

La siguiente duró más. En cierto momento, mientras practicaba el corte más delicado, los ojos de la cirujana se cruzaron sin pretenderlo con los de la enfermera, que sobre el fondo de tela blanca parecían más grandes y más claros. Aquellos ojos le transmitieron, sirviéndose de todas las posibilidades expresivas de que disponían, una señal: ¡cuidado, doctora!

Captó instantáneamente aquella señal. En cualquier otra circunstancia la advertencia le habría parecido ofensiva, pero ya no en los últimos tiempos. Desde los «acontecimientos», siempre que le tocaba operar a algún individuo serbio, ya fuera hombre o mujer, en la zona genital, la enfermera no olvidaba recordarle ese peligro. Se decía que, tras las manifestaciones, estudiantes albanesas detenidas por la policía habían sido esterilizadas. Toda Kosova se estremeció. Nadie era capaz de imaginar que acabaría llegando el momento en que resucitara el secular crimen simbólico. Con objeto de contrarrestar el rumor, la otra parte había hecho correr la especie de que eran los médicos albaneses, y no la policía, quienes habían resucitado el específico crimen de la guerra entre ambas razas.

Qué ignominia, pensó, al tiempo que hacía señas a la asistente para que cosiera la herida. No había tenido nunca por costumbre preguntar por la nacionalidad de los pacientes y no conseguía acostumbrarse a ello ahora. Y sin embargo debía hacerlo. Por monstruoso que pareciera, ahora era posible cualquier clase de provocación. A estas alturas ya nada resultaba inconcebible.

El reloj se aproximaba a las once. En los movimientos del personal no se percibía ese alivio habitual que seguía al término de toda operación, la desaceleración de los gestos, alguna inspiración profunda, una sonrisa cansada. Todo era distinto, lo mismo que momentos antes de proceder a una nueva intervención, más trascendente.

La incisión ya estaba cosida y procedían al vendaje del paciente, aunque la atención general se había apartado entretanto de él. Dos o tres cabezas se volvieron sucesivamente hacia el reloj de pared. Las once menos cuatro minutos. Los ojos de la médica se encontraron por casualidad con los de la anestesista, precisamente en el instante en que ambas se quitaban las mascarillas de la cara. Como si nos arrancásemos las caretas, pensó la doctora. Le pareció que, en efecto, la mutua ausencia de afecto que se profesaban se manifestaba más francamente con las caras descubiertas. Ellos son dos, pensó, trasladando subrepticiamente la mirada de la anestesista a su asistente. Dos serbios frente a cuatro albaneses. Sus pensamientos estaban ralentizados, congelados. Dios, qué ideas tan repulsivas, se dijo. Nunca antes se le había ocurrido hacer semejantes cálculos.

Los camilleros estaban sacando al paciente, que ahora parecía encontrarse de más allí. Eran las once menos dos minutos y alguien dijo: «¡Deprisa!». Se quitaban los guantes de látex, mientras los bisturíes, las tijeras y los escalpelos eran depositados en el autoclave despidiendo tintineos. Pero era tal el nerviosismo general que no le hubiera sorprendido que todos partieran hacia la asamblea con ellos en las manos.

Cuando salieron, el pasillo ya estaba lleno de gente que se dirigía hacia el salón de actos.

—¿Otra vez nos vamos a reunir para tratar de lo mismo? —preguntaba alguien que caminaba a su lado.

—Eso creo —respondía una voz en tono despectivo.

—Pero bueno, qué es esto, cuatro veces seguidas soplando la flauta por el mismo agujero. ¿Es que no se cansan?

Las voces se alejaron y la doctora no pudo escuchar la continuación de las protestas. En realidad, tampoco a ella se le ocurría dudar siquiera que la asamblea iba a tratar de nuevo sobre la asistencia hospitalaria que se había prestado a los manifestantes. Ya ahora, en el pasillo, mientras el flujo humano se dirigía hacia la sala, sentía que decenas de ojos la miraban de soslayo.

A la entrada del recinto vio al corresponsal de Tanjug. Y este, qué pinta aquí, se dijo. Había acudido varias veces al hospital, siempre con ocasión de solemnidades, la inauguración de un nuevo departamento de cirugía, la instalación del primer riñón artificial y, por supuesto, la visita de Tito a las instalaciones. En una ocasión la había entrevistado a ella, incluso habían tomado un café juntos tras la entrevista, pero ahora él apartó la mirada nada más verla, como si no la hubiera reconocido.

2. Día de diferenciación

Cuando entró, la sala estaba ya prácticamente llena. Los retrasados se instalaban apretujados en las últimas filas. Movida por un sentimiento de autodefensa, miró hacia allá, pero en ese instante una voz, «¡Doctora!», le hizo volver la cabeza. A la derecha de la entrada permanecía de pie un pequeño grupo de personas.

—Usted va a sentarse en la presidencia —dijo el subdirector general del hospital, con una sonrisa que la tonalidad amarillenta de su cara tornaba aún más fría. Además de este, se encontraban allí el secretario de la organización de la Liga de los Comunistas de la clínica, el presidente del sindicato, así como dos individuos de fuera, a uno de los cuales lo conocía, el jefe de Sanidad del Consejo Regional.

—Kostic —dijo el otro—, de la Presidencia de la Liga de los Comunistas.

—Bueno, ya es la hora —intervino el subdirector haciendo un gesto con la mano en dirección a la mesa presidencial—. Tomemos asiento.

El nudo que había sentido en el estómago a lo largo de la mañana invadió todo su cuerpo en cuanto se sentó frente a la sala. Se sintió duplicada de peso, algo sordo se apoderaba de su organismo, una torpeza, un entumecimiento; se diría que estaba a punto de dormirse. Sin embargo, al expandirse, el ovillo enmarañado había dejado de presionarle sobre la boca del estómago.

Hacía tiempo, desde que fuera nombrada jefa de la clínica, que estaba acostumbrada a la contemplación de la sala desde la mesa presidencial, pero en las últimas dos semanas, tras las asambleas sobre el asunto de los manifestantes heridos, la sensación se le antojaba radicalmente distinta. El espacio que ocupaban los ojos y los dientes en algunas de las caras se había reducido, en otras había aumentado. Pero no era solo eso. También era diferente el silencio procedente de las filas repletas, un silencio absorbente, que se diría que lo fuera a trasladar a uno lejos.

Su mirada volvió a reparar en el corresponsal de Tanjug, sentado en la primera fila. Su rostro, que siempre había visto iluminado por un rubor festivo bajo los fogonazos de los flases, resultaba ahora frío, con la adiposidad congelada en su periferia, antinatural. También el aparato fotográfico que llevaba consigo era esta vez de otra especie, lleno de gibas, desmesuradamente grande. Y en efecto, ¿para qué le serviría? Podía decirse que era cualquier cosa menos un aparato fotográfico.

Sintió a su costado que el subdirector se ponía en pie, para inaugurar la asamblea al parecer.

—Compañeros y compañeras —comenzó cuando se hizo cierto silencio—. Estamos reunidos hoy aquí, en esta asamblea de diferenciación, a instancias de la Presidencia de la

Liga de los Comunistas de la Región, con el fin de examinar una vez más algunas cuestiones que ya hemos debatido en asambleas precedentes, pero que, por desgracia, todavía no hemos esclarecido de forma definitiva.

En la sala se produjo cierto murmullo y el orador interrumpió sus palabras, tosió dos o tres veces y miró hacia la izquierda, luego hacia la derecha, como si esperara que el rumor se repitiera. Mas en la sala se hizo de nuevo el silencio, reduciéndolo a la imagen de un hombre abandonado en la desgracia.

—En realidad nosotros, es decir, los directivos de esta institución, y vosotros junto con nosotros —continuó diciendo—, éramos de la opinión, o mejor dicho, creíamos haber aclarado el asunto, pero la Presidencia de la Liga de los Comunistas —señaló con la mano al delegado— no opina lo mismo. Ellos piensan que hemos abordado el problema de forma superficial, que no hemos profundizado lo debido en los hechos y, sobre todo, que no hemos descubierto aún a los culpables, que se encuentran entre nosotros —extendió los brazos al tiempo que su cara adquiría por momentos el color del limón—. Así es como opina la Presidencia, de ahí que nos hayamos vuelto a reunir, con objeto de llevar a cabo de una vez lo que hasta hoy no hemos sabido conseguir. Comencemos entonces: ¿quién pide la palabra?

El subdirector se dejó caer en su asiento. Con el rabillo del ojo, la doctora observó cómo los labios del delegado se fruncían en un mohín de descontento.

—¿Quién quiere la palabra? —insistió el subdirector.

En el silencio que siguió, la silla del delegado crujió antes de que resonaran sus palabras.

—Ha dicho usted —comenzó dirigiéndose al subdirector— que la Presidencia de la Liga de los Comunistas opina que no han esclarecido la cuestión, dos o tres veces ha repetido incluso las palabras: «La Presidencia opina lo contrario». Pues bien, yo quisiera preguntarle: ¿Y usted, qué opina?

—Yo ya he expresado mi opinión —respondió el otro sin volver la cabeza.

—¿Y continúa reafirmándose en esa opinión?

—Mientras no escuche nuevos testimonios, sí. Yo, al igual que usted, al igual que todos, espero que se nos aclaren las cosas.

—Pues yo creía que iba usted a ayudarnos a esclarecérselas a los demás —el delegado hizo una pausa—. A decir verdad, compañero Arian, no me gusta el modo en que ha abierto la asamblea.

—¿Ah, sí? —protestó ofendido el subdirector—. Compañero Kostic, está en su derecho de que no le guste el inicio o el final de una asamblea. Con mayor motivo dado que es usted un viejo dirigente de la Liga, del que todos nosotros debemos aprender. Así pues, propongo que la dirija usted.

Hizo un ademán, una suerte de erguimiento del cuerpo contra el respaldo de la silla, como si mostrara con ello su inhibición del gobierno de aquella reunión.

—Precisamente eso es lo que me propongo hacer —dijo el delegado levantándose de la silla—. Dirigiré yo la asamblea.

El subdirector, que al parecer no se lo esperaba, miró a derecha e izquierda.

El delegado contempló la sala, tosió dos o tres veces y a continuación inició su parlamento. Era inmediatamente perceptible que tanto su voz como sus carraspeos, al igual que cualquiera de sus movimientos y ademanes, se habían visto sometidos a una prolongada depuración a lo largo del infinito número de mesas presidenciales desde las que había intervenido, exigido cuentas, criticado, ensalzado y distribuido condecoraciones o anatemas.

Dijo que, a causa de las manifestaciones de Kosova, la República Socialista Federativa de Yugoslavia atravesaba un momento difícil, que peligraban sus logros, su unidad, su independencia, así como su prestigio internacional. La actitud frente a las manifestaciones, la lucha contra el irredentismo albanés, constituye una prueba de toque para todo comunista, para todo ciudadano yugoslavo, cualquiera que sea su nacionalidad, prosiguió. La pretensión de proclamar la república en Kosova es reaccionaria, contrarrevolucionaria, catastrófica para Yugoslavia. Reclamar tal cosa significa tocar las campanas a muerto por Yugoslavia.

Siguió afirmando que tras la consigna «Kosova-República» no se ocultaba sino la separación de Kosova de la Federación Yugoslava y su unificación con Albania. Los irredentistas albaneses han juzgado propicio el momento en que nuestro querido presidente Tito acaba de separarse de nosotros para clavar este cuchillo en la espalda de Yugoslavia, continuó.

Los ojos de la doctora fueron involuntariamente a parar al gran retrato de Tito que colgaba de la pared lateral. Tuvo la sensación de que se trataba del mismo que había visto en la calle, rasgado por el viento. Se leía idéntica resolución en los labios y en el mentón, salvo que parecían albergar menos severidad, tal vez debido a la parte superior del rostro, que ahora no estaba ausente. Allí, en la calle, carecía de ojos, pensó, como si ese hecho eximiera al personaje de algo: me faltaba la mitad de la cara, aquella matanza no la vi. Pero aquí no puedes decir que no ves, oh, anciano.

El delegado continuaba perorando sobre el contenido de la diferenciación. Yo, en cierta medida, comprendo la posición del subdirector, el compañero Arian. Solidaridad con sus colegas, concepciones románticas acerca de la amistad, de la *besa*[1] albanesa y quién sabe qué otras cosas. Yo entiendo todo eso, del mismo modo que todos nosotros reconocemos la honradez y la corrección del compañero Arian, de modo que le pido disculpas si lo he abordado con cierta aspereza, pero lo que deseo subrayar aquí es otra cosa. Así pues, regresando al asunto que ya he mencionado con anterioridad, las concepciones románticas sobre la *besa,* la fidelidad a los colegas, etcétera, quiero destacar que todas esas virtudes son comprensibles, es más, deseables para todos nosotros en circunstancias normales, pero... (el mecanismo perfeccionado a lo largo de su prolongada experiencia en asambleas le aconsejó aminorar el ritmo y acto seguido le movió a alzar la voz), pero es preciso comprender, compañeros, que los momentos que vivimos no son eso, normales, quiero decir. Afirmo esto porque en el caso presente estamos tratando de algo trascendental: son los intereses de Yugoslavia los que se encuentran hoy en peligro. Y ante esos intereses, todos debemos estar dispuestos a cualquier sacrificio, por doloroso que este sea.

La doctora observó el perfil del subdirector que, tras el sermón del delegado, se había tornado todavía más amarillento. De pronto, sus ojos captaron en la sala la mirada del hombre desconocido al que había visto por la mañana en el pasillo. Funcionario jubilado del Secretariado de Asuntos

---

1. *Besa:* institución del código consuetudinario albanés, palabra dada, proteción, compromiso. *(N. del T.)*

Internos, pensó. Pensionistas que se ofrecían voluntarios y a los que de vez en cuando movilizaban para casos extraordinarios. Aquel sombrero pasado de moda y el rostro extrañamente revitalizado por encontrarse fuera de las cuatro paredes de una oficina lo evidenciaban sin la menor sombra de duda. Durante la visita de Tito a Kosova había visto a decenas de ellos. Hizo una profunda inspiración. Según parecía, mientras ella se encontraba en el quirófano, la policía secreta había comenzado a hacer indagaciones en el interior de la clínica.

—Yo, compañeros, como viejo comunista que soy, les voy a hablar a las claras —continuaba el delegado—. No quiero extenderme más en consideraciones generales; me limitaré a hacer tres preguntas, cuyas respuestas quiero obtener de ustedes sin falta.

Colocó las palmas de las manos sobre la mesa y, de nuevo con ademán resuelto forjado por la larga experiencia, descargó todo su peso sobre ella mientras su mirada envolvía sucesivamente hasta el último rincón de la sala y a continuación, a sus costados, ambos extremos de la presidencia. A la doctora le pareció que en el fugaz encuentro de sus ojos con los de él se producía una descarga peculiar. Sintió cómo se originaba en su interior un nuevo vacío, y luego, en esa oquedad, brotaron los carteles rasgados de los conciertos que había visto por la mañana. Quizás fuera Mozart. Tal vez Bach. No tenía importancia. Aquel tiempo estaba ya muerto. La música ya no servía para nada. No quedaba más que el *Réquiem por la Diferenciación*. Una fuga medieval. Para investigación y orquesta. Qué horror.

—Esas preguntas son: primero, ¿por qué en el departamento de cirugía, el día de los sucesos, es decir, el 1 de abril, estaban dispuestas doce camas adicionales? Segundo, ¿por qué durante todo aquel día las ambulancias estuvieron yendo y viniendo de Pristina a Ferizaj, y qué hicieron en el curso de esos trayectos? Tercero y más importante, ¿cómo y por qué desapareció el libro de registro junto con la lista de asistidos durante la jornada del 1 de abril? —el delegado se apoyó de nuevo sobre la superficie de la mesa, como si sujetara allí algo que se obstinaba en resbalar de sus manos—. Espero la respuesta a estas preguntas de todos los presentes, pero en particular la espero de usted, doctora Shkreli —añadió volviendo la cabeza hacia la doctora—. Es usted la jefa de la clínica, ¿no es así?

—Sí —respondió ella sin mirarlo—. Yo soy la jefa de cirugía.

—¿Entonces?

—Entonces le responderé.

Se puso en pie y durante unos segundos contempló la sala, buscando con los ojos al jefe de administración.

—Acerca del movimiento de las ambulancias durante el día al que hace usted referencia —comenzó—, hemos discutido en varias asambleas sucesivas y está todo registrado en las actas correspondientes. Además, como puede que ya sepa usted, dos de los conductores han sido despedidos por irresponsables. En ninguna de las asambleas se ha puesto de manifiesto que las ambulancias se trasladaran con el fin de traer o llevar a ningún otro lugar a más heridos que los que fueron operados aquí. Se han detectado, por el contrario, abusos ordinarios por parte de algunos conductores, de modo que los culpables, como le dije, han sido sancionados. Sobre esta cuestión yo no tengo nada más que añadir a lo que manifesté en las asambleas precedentes. Tal vez el jefe de administración tenga alguna otra cosa que aclarar.

—Mmm —murmuró el delegado—. ¡De modo que usted no sabe nada sobre las ambulancias! —hizo una breve pausa—. ¿Y sobre las camas de más? Espero que no vaya a decirme que se le antojó a algún borracho incrementar el número de camas en cirugía. O que fueron simples abusos o vaya usted a saber.

—No, no digo eso. Respecto al número de camas, como quedó igualmente esclarecido en las asambleas anteriores, su incremento estaba previsto tiempo atrás. Creo que existe documentación acerca de ello, incluso los periódicos... —buscó con los ojos al corresponsal de Tanjug—, incluso los periódicos han escrito repetidas veces sobre la previsión de aumentar el número de camas en nuestro hospital, destacándolo como uno de los principales índices de la atención que se presta a la salud en la región de Kosova.

—No hay necesidad de ironizar, doctora Shkreli —la interrumpió el delegado.

La doctora volvió la cabeza hacia él.

—Un médico no ironiza nunca con estas cosas.

—Continúe, continúe.

—En cuanto al motivo por el que se añadieron las camas con fecha 31 de marzo, precisamente la víspera de la sangrienta manifestación, eso, sinceramente, lo ignoro.

El delegado no apartaba de ella unos ojos en los que jugueteaba una sonrisa punzante.

—¿No le causó extrañeza encontrarse con ellas?

—No. Estoy acostumbrada a estas cosas. En casos de epidemia es algo habitual.

—Pero no había ninguna epidemia, doctora.

—Lo sé. Sin embargo no me extrañó. Aunque no hubiera epidemia, el aumento del número de camas es un hecho normal aquí. Tal vez a usted le hubiera llamado la atención el cambio, pero debe tener en cuenta que nosotros nos pasamos la vida entre camas.

El delegado sacudió la cabeza como queriendo decir: «No es eso».

—Compañera Shkreli —dijo—, ¿por qué tenemos que continuar dándole vueltas a semejantes sofismas? Usted ha admitido que el 1 de abril atendió a manifestantes heridos.

—Eso no es verdad —respondió ella—. No he afirmado nunca cosa semejante. He dicho que presté asistencia a heridos, no a manifestantes heridos.

—Es lo mismo.

—Ni mucho menos.

—Entonces, ¿qué eran esos heridos según usted? ¿No sintió curiosidad de preguntar: a qué vendrán estos heridos hoy?

—No, no sentí curiosidad. Una cirujana en la mesa de operaciones tiene otras preocupaciones más importantes que la curiosidad.

—¿Ah, sí?

—Exactamente.

—Vamos, que se encuentra usted unas camas dispuestas apresuradamente durante la noche, observa movimientos sospechosos de ambulancias, un flujo constante de heridos, y sin embargo ni siquiera se le pasa por las mientes que está sucediendo algo extraordinario. Sorprendente, en verdad sorprendente, doctora. Le hago una vez más un llamamiento para que me diga la verdad: ¿no se preguntó qué significaban aquellos heridos?

—Aquí, con independencia de su número, es normal que acudan heridos. Venga algún día a urgencias. Hay montones de accidentados.

—¿Pensó usted que eran accidentados?

—Yo no pensé nada. Me limité a intentar salvarlos.

—¿Así que los creía accidentados?

—Tal vez fuera así.

—¿Y las balas? ¿Es que no vio las balas?

De pronto ella notó que en la sala se hacía un silencio de cementerio.

—¿Las balas? —repitió en medio de la inmovilidad que lo había aplastado todo—. Desde luego que las vi.

Pronunció estas palabras con voz distinta, como resultado de la crispación que la asfixiaba.

El delegado volvió bruscamente la cabeza hacia la sala, no como si allí se hubiese hecho el silencio, sino, por el contrario, como si alguien hubiera lanzado un grito.

—Así pues —continuó en un tono de voz que por primera vez delataba una pérdida de aplomo—, ¿qué puede decir de ellas?

La doctora dejó que el silencio se prolongara varios segundos más, como si pretendiera que el peso de la muerte alcanzara a cada uno de los presentes, o quizás para dar tiempo a que su garganta se liberara de aquel nudo, debido al cual su voz sonó un tanto ahogada:

—Para un cirujano, las balas no constituyen una sorpresa. En buena parte de los suicidios, en todos los crímenes hay balazos.

—¿También ráfagas de armas automáticas?

—Sí, también ráfagas.

—Doctora Shkreli —gritó el delegado con voz tonante—, antes de pasar a la tercera pregunta, frente a la que no le queda escapatoria alguna, esto es, antes de preguntarle quién hizo desaparecer el libro que contenía la lista de enemigos de Yugoslavia Socialista; pues bien, antes de desembocar en esa última pregunta, la exhorto una vez más a que sea franca y responda si cuando vio a aquellos heridos que llegaban uno tras otro al hospital bañados en sangre pensó de verdad que eran suicidas, accidentados o víctimas de agresiones a causa de los celos y demás, o si por el contrario conocía perfectamente la verdad y con plena conciencia estuvo asistiendo de manera ilegal, repito, de manera ilegal, ya que la lista con sus nombres desapareció de una institución sanitaria estatal, a los enemigos de Yugoslavia.

—Antes de responderle, voy a hacerle yo una pregunta a mi vez —replicó ella—. Compañero Kostic, está usted hablando aquí ante cientos de personas de infinidad de heridos y de muertos, de ríos de sangre y ráfagas de metralleta, pero, ¿no cree usted que con sus palabras se está haciendo eco de la propaganda antiyugoslava? En las informaciones oficiales se ha afirmado que únicamente murieron nueve personas y resultaron heridas algunas decenas más. Sin embargo, según sus propias palabras, solo en nuestro hospital, que no es más que uno entre las decenas de hospitales de la región, han sido atendidos tal cantidad de manifestantes... De forma que, siempre según usted, lo que tuvo lugar fue una verdadera carnicería. Le aconsejo que mida sus palabras.

—¡Usted...! —chilló el delegado—. ¿Usted me va a hablar a mí de la defensa de Yugoslavia...? ¡Ja, ja!

Su voz sonó afilada, como si ella se la hubiera sajado con un bisturí.

—Yugoslavia, como usted mismo ha dicho, es de todos —sentenció ella.

A todas luces, el delegado estaba perdiendo los estribos. Se disponía a gritar de nuevo, pero de la variación en el gesto de sus labios pudo deducirse que por dos o tres veces enmendaba lo que tenía intención de decir.

—¿Dónde está el libro de registro de asistidos del día 1 de abril? —aulló.

—No lo sé —respondió la doctora con frialdad—. Envíe a la policía a buscarlo.

Se produjo un murmullo en la sala. Los ojos de ella se cruzaron por segunda vez con la mirada desconcertada del hombre al que había visto por la mañana en el pasillo de la clínica.

En la sala proseguían los murmullos, y envuelta en ellos se distinguía la voz del subdirector general que decía: «¡Tranquilidad, compañeros, os lo ruego, no podemos continuar así!»

3. Mediodía. En el asador
La vieja Servia

Dobrilla Gubrovic fue el último en abandonar el salón de actos. Los pasillos de la clínica se desalojaban con rapidez. Una vez se encontró en la calle, consultó el reloj. Era la una y media. Justo la hora de comer, se dijo.

La reanudación de la asamblea había quedado establecida para las cinco. Varias veces se había preguntado: ¿por qué tan tarde? Las reuniones de *diferenciación,* según su opinión, debían realizarse de un tirón, prácticamente sin descansos, para no dar tiempo a los acusados a recuperar el aliento. Conocía bien el efecto de este procedimiento por su experiencia en los órganos de Seguridad. Las sesiones de preguntas se prolongaban durante días y noches enteras sin ninguna interrupción; los interrogadores se relevaban, pero el interpelado continuaba siendo el mismo. Mientras que ahora...

Vaya, parece que llegan tiempos más blandos. Lujos, democracias... Pero de sobra está visto en lo que acaban yendo a parar. Ya lo han podido comprobar por sí mismos nuestros cándidos jovenzuelos, así no se puede continuar. Ahora es cuando se acordaban de ellos, los veteranos trabajadores de la UDB, los viejos halcones, a quienes habían mantenido marginados durante largo tiempo en medio del desprecio general.

Un resentimiento desde hacía largos años familiar, que le aceleraba la respiración como si fuera una especie de asma, lo invadió de nuevo. De manera fragmentaria pasaron por su memoria instantes del día en que lo jubilaron. El discurso tibio, lo justo para cubrir el expediente, de un funcionario sin importancia. Camaradas, vuestros méritos... por supuesto... etcétera. Y después el abandono general, el olvido. A ninguna asamblea les convocaban ya, a ningún banquete. Se decía que también Rankovic, su ex patrón, se encontraba relegado allá en Belgrado, aislado en una villa cercada de guardias con la misión de vigilarlo más que de protegerlo.

Vlladan, su viejo amigo, con el que tomaba de vez en cuando alguna copa, le decía con frecuencia: no te quejes, Dobrilla, da gracias porque nos hayan dejado tranquilos y no nos atosiguen ni pretendan investigar lo que hicimos entonces... Entonces, cuando nadie nos pedía cuentas.

Mientras que Jovic, el tercer integrante del «trío inseparable», como les llamaban, era igual que él. Se reunían con alguna frecuencia los tres en el asador La vieja Servia y allí daban rienda suelta a su resentimiento. En aquel lugar no tenían nada que temer, se encontraban como en su propia casa. La mayor parte de los clientes eran lo mismo que ellos, jubilados o expulsados de los órganos del Ministerio del Interior tras el pleno de Brioni. Incluso el propio dueño del local había servido durante años en el campo de Goli Otok, como cocinero según decían algunos, lo que provocaba sonrisas mordaces y a veces explosiones de hilaridad, interrumpidas por las toses en demanda de discreción de los demás.

Por lo común las lamentaciones comenzaban después de la segunda copa: se han olvidado de nosotros, ya no nos necesitan. Cuando hubo que cubrirse de sangre hasta los codos, nos lanzaban en la primera fila, y ahora nos vienen con nuevas consignas: unión-fraternización de las naciones, derechos humanos y el diablo sabe qué sandeces más. Y por si no bastara con eso, resulta que aparecen unos historiadores con la pretensión de demostrar que estos no fueron siempre territorios serbios, sino albaneses o ilirios, y que nosotros, los serbios, hemos llegado aquí después. Para echarse a llorar, es verdaderamente para echarse a llorar...

Pero nadie les hacía caso. Alguna vez se acordaban de ellos, como en el caso de la visita de Tito, cuando los reunieron a todos para integrarlos al servicio durante unos días. Pero incluso aquello, en lugar de reconfortarles, les dejaba después aún más abatidos. Los festejos llegaban a su fin, se apagaban una tras otra las lámparas de los salones de los banquetes, en cuyos accesos habían realizado su servicio, retiraban las valiosas vajillas y junto con estas se los olvidaba también a ellos. Ya no nos quiere nadie, hermano, nos hemos convertido en trastos viejos, se decían una y otra vez. Espera, no te apresures, le atajaba Vlladan. Ya llegará nuestro día.

Y he aquí que una noche de mediados de marzo, justo después de las primeras manifestaciones de los estudiantes albaneses, llamaron a la puerta de Dobrilla a altas horas de la madrugada. La convocatoria era distinta esta vez. Estaba ausente en ella el regocijo de un próximo banquete o la emoción de los actos ceremoniales. Hacía varios meses que Dobrilla lo había decidido: no, no volvería a aceptar servicios así a cambio de unos miserables dinares. Se le hacía insoportable asistir a la salida de los participantes en el festejo, ya tarde, las mujeres perfumadas exhibiendo sus pieles y su risa indolente como si fueran un mismo fenómeno, del brazo de sus maridos triunfadores, todos de cuello duro y corbata. Y ninguno se acordaba de dirigirles una palabra, ni siquiera ponían los ojos en Dobrilla y sus camaradas, que hacían guardia fuera, entre las sombras y el frío. No, no volvería a ir.

Pero esta vez se adivinaba que se trataba de algo diferente. Sobre el empedrado de las calles vacías se oían aquí y allá los pasos apresurados de la gente que, al igual que él, se dirigía hacia el edificio del Secretariado de Asuntos Internos. Había allí caras conocidas, algunas de las cuales no veía en mucho tiempo; a varios los creía ya muertos y se había dicho: los han enterrado sin dispensarles ningún honor, ni siquiera una escueta nota en el periódico. Pero resulta que estaban vivos, con los ojos todavía hinchados por el sueño o por el olvido en que les habían sumido. Vlladan y Jovic habían llegado antes que él. Allí estaba también Rajko, despedido tiempo atrás, no furtivamente como ellos por medio de la jubilación, sino de forma vergonzosa, por sadismo en la prisión donde servía.

Las palabras del jefe fueron, como era de esperar, graves, terminantes. Camaradas, Yugoslavia os necesita. Por eso os hemos convocado...

De modo que el asunto era serio. Se trataba justo de lo que él había venido pensando durante el trayecto, pero que se impedía a sí mismo acabar de admitir, temeroso de sufrir un nuevo desengaño. El jefe continuaba hablando en los mismos términos sombríos. Los albaneses se habían sublevado. No se trataba de simples manifestaciones como se decía en la prensa para quitarle importancia. En su opinión, aquello era una insurrección. Así debía llamárselo, por su verdadero nombre. Y debía ser reprimida como se repremen las insurrecciones, brutalmente. Dobrilla no olvidaría nunca la turbia exaltación de aquella noche. La palabra insurrección sonaba extraña, ajena entre los centenares de palabras que se escuchaban a diario en las noticias de la televisión. Se hablaba de tensión en distintas regiones del mundo, de guerras locales, de amenaza de invasión en Polonia, hasta de chantaje atómico, y el oído ya estaba habituado a todo ello. Pero una insurrección en pleno corazón de Europa, aquello sonaba a viejo y amedrentador. Era justamente el orín de la palabra lo que parecía querer reavivar en Dobrilla unas sensaciones aletargadas, que a duras penas lograban despertar de su largo sueño.

Volvió a mirar el reloj. Hasta las cinco tenía tiempo de almorzar con calma, y aun de descansar un poco. Pero no le apetecía ir a casa. Sin darle más vueltas, resolvió dirigirse a La vieja Servia. Tal vez encontrara allí a sus camaradas. Hoy más que nunca le apetecía tomar una copa. Últimamente se reunían cada vez con mayor frecuencia en aquel lugar. Intercambiaban las novedades del día, evaluaban los asuntos. La insurrección estaba ya ahogada en sangre, sin embargo el terror proseguía. Era preciso abrir los ojos, redoblar la vigilancia. Habían creído que, tras la matanza, los albaneses no volverían a levantar la cabeza; pero no había sido así. Lo que más atemorizaba a Dobrilla era su arrojo.

Por ejemplo, aquella médica en la asamblea: por Dios, después de los tanques y los balazos, ¿de dónde sacaba el valor para hablar así, para colocar incluso en una posición comprometida al camarada Kostic?

Cada vez que lo pensaba sentía crecer un agujero horadándole el estómago. No era normal aquella osadía. Era desastrosa. Y mientras no se la consiguiera quebrar de una vez para siempre, las cosas no marcharían ni mucho menos como debieran.

Dobrilla advirtió que había acelerado la marcha. Ya no se ocultaba a sí mismo que, si se dirigía a La vieja Servia, no era simplemente con la intención de echar un trago y escuchar las últimas novedades, sino ante todo para darse coraje. Al igual que tiempo atrás, aquel era el único lugar donde se encontraba bien. Pero, mientras entonces era el amor propio ofendido lo que les reunía, ahora se trataba de otra cosa: el miedo. Ya no se quejaban de nadie. Se limitaban a darse ánimos y a estimularse unos a otros. Estaban deseosos de que la rebelión fuera aplastada con la mayor brutalidad posible. No prestéis oídos a esas damiselas croatas y eslovenas, hace siglos que se les heló la sangre en las venas, decían. Golpead a los albaneses sin piedad, como entonces... como antaño.

Sin embargo, algunos todavía seguían arguyendo que si los principios, que si los buenos modos, como en aquella asamblea. A Dobrilla no le había gustado en absoluto su tono general. Se había sentido incómodo en ella, un miedo ciego le había invadido de pronto; dos o tres veces se había dicho: ¡de eso nada!; pero, ¿dónde creéis que estamos?; ¡hay que hacerlo como en los viejos tiempos!

Le habían enviado a vigilar, a huronear lo que se murmuraba por los pasillos durante la asamblea y sobre todo en los descansos, así como para apoyar ante cualquier eventualidad a los demás agentes secretos, cuya identidad él mismo desconocía. Siempre de ayudante, había suspirado para sí, de voluntario. Pero había desterrado al punto de su cabeza esta muestra de descontento.

Divisó desde lejos los cristales cubiertos de vaho del local. Turbias siluetas braceaban tras ellos. Allí estaban también sus dos cofrades, Vlladan y Jovic, en el rincón donde solían acomodarse. El olor a carne asada llegaba hasta la calle.

—¿Qué, cómo te ha ido? —le interrogaron ellos—. Vienes de la asamblea del hospital, ¿no?

Esbozó un gesto de disgusto al tiempo que arrastraba una silla.

—Nada por ahora. No hay forma de atrapar a esa bruja. Se escurre como una anguila.

—¿Y eso?

—Además, creo que el camarada Kostic se metió en sutilezas en las que no debía. Dijo una bobada y esa arpía le sacó un buen partido.

Dobrilla observó que sus dos colegas escuchaban sin demasiada atención los pormenores. Le sirvieron una copa de *sliva* y brindaron con él entrechocando los vasos.

—No te preocupes. Tenemos buenas noticias.

—¿Ah, sí?

Los otros dos aproximaron las cabezas a la suya. Más que debido al alcohol, tenían los ojos encendidos a causa de lo que estaban a punto de decirle. Un resplandor vidrioso, inyectado en sangre, hacía que aquellos ojos le pareciesen a Dobrilla distintos de otras veces.

—Los expedientes —dijo Jovic en voz baja—. Van a volverse a abrir.

—¿Cómo? —exclamó Dobrilla—. *Majko boze.* ¿Cómo es posible?

—¡Vamos, alza tu copa!

—¡Oh, Dios! ¿Es eso cierto? ¿No será hablar por hablar como en el sesenta y ocho? ¿Os acordáis?, entonces se rumoreó lo mismo.

—Tan cierto como la botella que tenemos delante —respondió Jovic.

—Madre mía —continuó exclamando en voz baja Dobrilla—. Por fin ha llegado el día.

—Lo conseguimos, Dobrilla. Al fin.

—Lo he imaginado tantas veces..., pero no me atrevía a expresarlo con palabras, porque era algo, algo... no sé como decirlo.

—Era algo demasiado hermoso para soñarlo siquiera —sentenció Vlladan.

—Y no solo una parte, sino todos —añadió Jovic—. Ciento treinta y ocho mil, según se dice.

Dobrilla escuchaba boquiabierto.

—Jovic, no me mientas.

—No te miento, no, Dobrilla. ¿Qué, de cuántos creías tú que se trataba? ¿De veinte mil o treinta mil? Si fuera así, Jovic ni siquiera se molestaría en alegrarse. Esos son los que se han estado manejando de manera permanente, ¿me comprendes? El Estado nunca se queda sin expedientes. Pero el problema era que, tal como habían quedado después del pleno de Brioni, reducidos a la mínima expresión, no servían para nada. Por eso sucedió lo que sucedió.

—Dios Todopoderoso, hemos logrado ver la luz de este día —volvió a decir Dobrilla llevándose la mano a la frente. Era evidente que aún no conseguía creérselo; en cierto momento, incluso estuvo a punto de decir en tono implorante: hermanos, podéis gastarme cualquier otra broma, pero esa no, os lo ruego.

La reapertura de los expedientes había sido uno de sus sueños más embriagadores, acompañado siempre de una oscura nostalgia. Realmente los había visto en sueños infinidad de veces, blancos, alineados por millares, como tumbas frías cada cual con un nombre encima, pero carentes ya de la menor utilidad pues los cadáveres habían escapado de sus tapas.

—Ahora esa doctora tuya caerá, ¡zas!, como un ratón en la ratonera —dijo Jovic cerrando bruscamente la palma de la mano.

—Ahora podremos atraparlos a todos del mismo modo —dijo Vlladan—. Además, no se debería decir: ¡zas!, en la ratonera, sino: ¡zas!, en el expediente, ja, ja, ja.

Rieron durante un rato los tres, luego pidieron más *sliva*. Dobrilla balanceaba la cabeza una y otra vez como si hablara consigo mismo. Lo inconcebible había sucedido por fin. Como en un cuento, les iba a ser restituida la fuerza mágica que tiempo atrás les arrebataran sin la menor piedad. Su existencia sería distinta de ahora en adelante: ¿qué tendrían que envidiar a los héroes todopoderosos de las leyendas?

A Dobrilla volvió a asaltarlo la duda:

—Hermanos, no gastéis bromas conmigo —dijo mirándoles a los ojos—. Más valdría que me mataseis.

En ese momento, el patrón les trajo la nueva botella de *sliva*. Jovic alzó la cabeza hacia él.

—*Boze*, díselo, por Dios. ¿Se van o no se van a reabrir las benditas fichas? Este no se lo cree.

—¿Las fichas? —se sorprendió el otro—. Ese asunto ya está resuelto.

La oleada de gozo, junto con los ardores del aguardiente, lo recorrió de pies a cabeza. De modo que no había la menor duda, el milagro se había producido.

—Venga, que no quede una gota —dijo—. Por nuestros expedientes.

—¡Por nuestra Serbia!

—Glup. Al fin lo conseguimos.

—Ten cuidado —advirtió Vlladan—. A las cinco tienes que estar allí.

—Al diablo. Sirve otra.

La bruma se iba espesando en la cabeza de Dobrilla. Su mente vagaba y vagaba de acá para allá y siempre acababa retornando a los expedientes. Estos, que hasta ahora habían sido como tumbas sin inquilino, volverían a poblarse. Quienes habían escapado de entre sus tapas, como de entre las losas de una sepultura, regresarían uno por uno para ser reincorporados nuevamente, tendidos en ellas por millares, rígidos, firmes, dispuestos. Y ellos, Dobrilla y sus camaradas, abrirían por riguroso orden las cubiertas: ah, con que estás aquí, pichoncito, de modo que has vuelto. Vamos a ver lo que tienes dentro de esa cabecita tuya, qué es lo que has estado murmurando por ahí: así que no te bastó con la autonomía de Kosova y ahora reclamas República, vaya, vaya, republiquitas a mí, por mi honor que no son más que zarandajas.

La conversación se deshilachaba. Hablaban sin esperar a que el otro callara, cosa que tampoco inquietaba demasiado a ninguno. Al final resultó como nosotros decíamos; lo que se habrá alegrado nuestro querido Rankovic. Él sí que les daba buena leña a los albaneses. Calla, baja un poco la voz, todavía no sabemos qué piensa él de todo esto. ¿Cómo que no lo sabemos? Lo sabemos de sobra. Estará más contento que unas pascuas. Por conseguir esto ha sacrificado su vida entera, por esto continúa sacrificándose, recluido en su aislamiento allá en Belgrado, como un pájaro en una jaula.

Jovic no podía contener la emoción. El pobre, allí solo, repitió varias veces, mientras Vlladan intentaba consolarlo: déjalo, hermano, todo acabará volviendo a su ser, es cuestión de paciencia. Pero Jovic ya no conseguía dominarse. Le han pegado fuego al patriarcado de Peja. Están esterilizando a nuestras hijas. ¿Cómo voy a tener paciencia?

¿Y nosotros, crees que no les hemos dado lo suyo nosotros?, replicaba Vlladan. El 1 de abril los tanques pasaron por encima de sus cuerpos. Delante del supermercado Gërmia todavía se ven las manchas de sangre. ¿Crees que eso es poco?

No, eso no es nada, respondía Jovic. Nada, te digo. Que nos dejen las manos libres como en tiempos de los Karagjorgjevic. Tenemos que borrarlos de la faz de la tierra, exterminarlos de una vez junto con su lengua y ese maldito alfabeto suyo que dicen que es tan antiguo. Lengua superior, alfabeto superior, ay madre mía, gimió con gesto de sufrimiento.

Para un momento, Jovic, espera, intenta comprender, insistía Vlladan, estas cosas no se hacen así. Como en los tiempos de los Karagjorgjevic, dices tú, pero ahora estamos en otra época. Hay que tener mano izquierda, tenemos que emplear la táctica.

Ay, Vlladko, a ti se te ha enfriado la sangre, ya me había dado cuenta, se lamentaba Jovic sacudiendo la cabeza con menosprecio y desconsuelo. Perdona que te lo diga, somos camaradas, más que hermanos incluso, pero sí que lo he notado: se te ha enfriado la sangre.

Vlladan le miraba sonriente, sin ofenderse por sus palabras. Con sangre fría las cosas se hacen mejor, se defendía. Golpear con sangre fría: eso es lo que da resultado; de la forma que tú dices no se consigue gran cosa. Y los peligros no son pocos. Se trata de más de dos millones de albaneses. Son muchos, Jovic, se le pone a uno la carne de gallina cuando lo piensa. El otro continuaba sacudiendo la cabeza en señal de negación. Los serbios y los montenegrinos se marchan de Kosova, gimió de pronto. Están abandonando unas tierras que son nuestras, ¿comprendes? Somos ya como los palestinos. Agarró a Vlladan por el jersey. Y tú me hablas de paciencia y de pamplinas. Nos están echando de nuestra vieja Serbia, nos expulsan de nuestro suelo, ¿entiendes? Chist, baja un poco la voz, Jovic, en eso tienes razón, pero no lo vamos a consentir. Por eso están aquí los tanques, ¿has visto a esos benditos qué zarpas tienen? Más que los tanques, son las fichas las que me devuelven la alegría, dijo Jovic, olvidando por un instante su resentimiento. Sus zarpas se clavan con más firmeza. Razón tienes, hermano, vamos, bebamos otra copa.

Los tanques o los expedientes, je, je, dijo para sí Dobrilla. Anda y averigua cuáles son más eficaces. Sintió que le miraban desde la mesa vecina y volvió la cabeza. En efecto, un individuo de rostro encarnado, congestionado por el alcohol, le estaba observando fijamente, con una mueca de sonrisa en los labios.

—¿Qué te pasa para que me mires así? —le increpó Dobrilla—. ¿Hay algo que no te guste?

El desconocido ensanchó aún más su sonrisa que, como si no le bastara con los labios, parecía a punto de invadirle el cuello.

—Estoy oyendo lo que dicen y por Dios que es para retorcerse de risa —golpeó con la palma de la mano la superficie de madera de la mesa y sacudió enérgicamente la cabeza como si pretendiera sacudirse las lágrimas que la risa le provocaba—. Por Dios, sí, es para morirse de risa. Que si la cuna de Serbia, que si la cuna de Albania, ¿qué tiene Kosova para que todos la consideren su cuna? Madre santa, esto parece Galilea, la misma Judea de la Biblia, más bíblica todavía, toda repleta de cruces, de profetas desterrados, de apocalipsis...

—Pero tú qué eres, serbio o te ha parido alguna otra madre —le gruñó Dobrilla con voz contenida.

—Soy serbio, sí, lo mismo que vosotros, hermanos, solo que vosotros estáis grillados, ja, ja, ja.

—¿Qué pasa? —preguntó Jovic, a quien le había llamado la atención el tono de Dobrilla con el desconocido.

—Nada —respondió su amigo tratando de eludir un posible altercado. Volvió la espalda al desconocido murmurando para sí:

—¡Normal que Serbia no prospere! ¡Con mamarrachos como este! Tiene razón Jovic cuando dice que no puede ni verlos.

Yo soy así, yo no cambio, continuaba Jovic. Si decides eliminarlos, elimínalos de una vez, arráncalos de raíz. Tanta diferenciación y tanta filosofía no le gustan a Jovic. Eso que lo hagan los croatas. Nosotros, los serbios, gracias a Dios, tenemos nuestras tradiciones. Fíjate en Dobrilla, está a punto de ir a una asamblea. Qué comedia, madre mía. Con permiso, compañero albanés, ¿me permites que te haga una pequeña crítica, que te diferencie un poco por tus responsabilidades? Ah, si dependiera de Jovic, una buena ráfaga de metralleta y punto final. Un tanque les metía en la asamblea, les borraba del mapa con mesa presidencial, orden del día y todo lo demás incluido. Pero, ay, ya sé yo quién tiene la culpa. Aquel viejo chocho allá en Belgrado; él fue quien se inventó todo esto. Calla, Jovic, hermano, no le mientes siquiera. ¿Qué te pasa, es que quieres buscarnos la ruina? Deja en paz al viejo, él hizo entonces lo que pudo, pero luego los tiempos cambiaron. Ya no podía ir más lejos, me entiendes, ya no podía. ¿Que cambiaron los tiempos, dices?, masculló en voz baja Jovic. Los tiempos no cambian nunca, Vlladko. El tiempo es como Jovic. Se golpeó el pecho y, como si a consecuencia del golpe algo se rompiera en su interior, la voz le salió a continuación envuelta en sollozos. Doce mil tumbas serbias en la Torre de Lumë con las cruces podridas por la lluvia. ¿Cómo lo voy a olvidar?

Dobrilla sintió que también a él se le contagiaba la desesperación.

4. Por la tarde. En el estudio

En cuanto penetró en el pasillo en penumbra de la casa oyó crujir la puerta de su estudio. Al parecer, la esperaba.

—¿Qué? —preguntó él obstruyendo con su cuerpo el haz de luz procedente del interior—. ¿Cómo ha ido?

—Un espanto —dijo ella y sacudió la cabeza a derecha e izquierda como si quisiera deshacerse de algo que se encontrara dentro del cráneo.

Él esperó a que se quitara el abrigo y entrara en el estudio.

—Continuamos esta tarde —dijo, dejándose caer en uno de los sillones.

La cara de su marido se ensombreció.

—No te puedes imaginar qué barbarie —dijo ella.

Él continuó de pie, sin dejar de mirarla.

—Qué tiempos tan brutales —continuó la mujer—. Dios mío, qué tiempos tan brutales.

—Cuando me llamaste en el descanso, enseguida comprendí que las cosas iban mal.

—De todos modos no puedes hacerte idea de lo bárbara que es la investigación que están realizando —le interrumpió ella—. No creo que jamás se haya hecho en el mundo un interrogatorio tan demencial.

—Claro —convino él—. Las investigaciones se hacen justo para lo contrario: se piden cuentas cuando no se presta asistencia a los heridos; pero en ese hospital todo está del revés.

—Exacto —respondió ella—. Por eso se hace insoportable. Es para ponerse a gritar.

Se cubrió la cara con las manos y rompió a llorar.

—Tranquilízate —le dijo él poniéndole una mano en el hombro—. Cálmate, Teuta.

Durante un rato solo se oyeron en el estudio los sollozos de ella. Después dijo:

—Me gustaría descansar un rato. ¿Te importa comer sin mí?

—Claro que no.

Ella salió y él permaneció de pie en medio de la habitación, sin apartar los ojos de la puerta, como si le sorprendiera que la persona a la que había estado esperando durante todo el día hubiera vuelto a desaparecer por aquel hueco. Qué tiempos tan brutales, se repitió las palabras de ella. Es la barbarie.

Comenzó a recorrer la habitación arriba y abajo. Toda su vida consistía últimamente en un incesante ir y venir de un rincón de la sala al otro. Desde los lomos de los libros, las letras doradas parecían seguir aquel vagabundeo con una sonrisa polvorienta, amarga. Entre ellos se encontraban los que él mismo había publicado, todos gruesos volúmenes de color marrón oscuro, con su nombre profundamente estampado en la cubierta: Profesor Martin Shkreli. *La ono-*

mástica en las canciones de gesta albanesas. M. Shkreli. *Mitos albaneses.* M. Shkreli. *Esquilo y las leyes del Kanun albanés.* M. Shkreli. *La toponimia de Kosova a la luz de las crónicas eclesiásticas.* M. Shkreli. *El tema de la ausencia y el encarcelamiento en las baladas albanesas.* M. Shkreli. *La angustia en...*

Todos los libros llevaban como epílogo su propia angustia. La acechanza de la detención, cuando, en el silencio de la noche, el chirrido de los frenos de un coche cualquiera en la calle se antojaba la quiebra de todo. Era la época de Rankovic, cuando por la cosa más nimia se jugaba uno la cabeza, por más que mucha gente no apreciara debidamente lo que había representado aquello. Resulta fácil trabajar ahora, decía él a veces en su círculo de amigos, pero en aquellos años todo era distinto. Como la llama vacilante de una vela, la cultura albanesa en Kosova se encontraba a punto de apagarse. Fueron él y algunos otros quienes la mantuvieron viva en aquel tiempo de tinieblas. Pero a medida que corrían los años comprendían cada vez menos su drama, las concesiones que se había visto obligado a hacer repetidas veces, una declaración con motivo del cumpleaños de Tito, un discurso en tal o cual ceremonia en Belgrado, o el silencio que habían tenido que guardar sobre ciertas cosas.

Los serbios siempre se habían sentido descontentos de él, lo que no significaba que los albaneses quedaran plenamente satisfechos. Tenía la torturadora sensación de que siempre se esperaba algo más de su persona. A veces se enfadaba, refunfuñaba para sí: ¿qué más quieren, qué tengo que hacer para acabar de contentarlos? ¿Organizar un escándalo, ir por mi propio pie a la cárcel? Sí, lo sé, entonces quedarían complacidos, seguro que hasta se arrepentirían y dirían: hicimos mal metiéndonos tanto con él, por fin ha demostrado quién es, tal vez no hubiéramos debido empujarlo a un sacrificio inútil. Pero su tardío arrepentimiento ya no podría remediar nada.

Siempre que llegaba a este punto en sus cavilaciones se sentía desfallecer. La pesadumbre, el amor propio ofendido, la insatisfacción porque nunca hubieran apreciado su trabajo en su justo valor, originaban en él una melancolía indulgente, que en cierta medida le aliviaba.

En realidad, lo que eran calificadas de concesiones por su parte, en la mayor parte de los casos no le habían sido dictadas por imperativo de la supervivencia. Siempre había alentado una vaga esperanza de que algo acabaría por enmendarse en las relaciones entre serbios y albaneses. La esperanza parpadeaba débilmente cada vez que abría los libros de Sufflai o de Tucovic. Se inclinaba a creer que el odio funesto entre ambas naciones se atemperaría alguna vez. Llegaban después nuevos momentos terribles en que perdía la ilusión y dejaba de creer en nada. Pensaba entonces que la negrura y el encono, la luna ensangrentada, separarían siempre a los dos pueblos, y que, por muchos libros, música, Cristos, Romeos y Julietas que se interpusieran entre ellos, jamás llegarían a tenerse afecto.

Dos naciones en odio perpetuo... Era algo a lo que una mente normal no podía acostumbrarse. De todas las aberraciones del mundo, esta era tal vez la más insoportable, y siempre que pensaba en ello, el globo terráqueo, cargado de continentes, de estados y de pueblos, se alejaba al momento en su campo visual, se distanciaba en el espacio, tornándose pequeño, muy pequeño, como para hacerle inteligible la absurdidad. Ambas partes nos encontramos ahí, se decía, en esa partícula del cosmos; en torno viajan las estrellas, las galaxias, los pavorosos agujeros negros, y pese a todo el odio no se olvida.

Había revelado sus apreciaciones a buena parte de sus colegas y muchos de ellos, serbios incluidos, eran de su misma opinión. Con expresión de tristeza en la mirada, a todos desgarraba el mismo debate que, de una forma o de otra, tenía lugar en la totalidad de las familias yugoslavas.

En odio perpetuo... Y por si no bastaran los estímulos concretos y cotidianos, ambas naciones se enfrentaban en batallas oníricas en el escenario delirante de sus antiguas epopeyas. Y de igual modo que en las pesadillas, todo era allí monstruoso: los tajos de las heridas, los luceros, las sombras siniestras del decorado.

Esta calamidad tiene que acabar a toda costa, pensaba extenuado. Pese a las sucesivas decepciones, seguía creyendo que había de llegar el momento en que los dos pueblos, que de manera tan intensa y devastadora se habían acometido, acabarían por tenerse cariño.

Había quienes escuchaban sorprendidos la palabra cariño, como si procediera de otro planeta. Pero él, no.

Y he aquí que, justo tras la caída de Rankovic, le pareció que el milagro iba a producirse al fin. Tras las primeras señales de apaciguamiento, el reconocimiento del derecho a exhibir la bandera albanesa y la conformidad, por fin, para que se reanudaran los contactos culturales con Albania, pasaba noches enteras embriagado. El tiempo confirmaba sus aspiraciones. El hielo de la desconfianza subsistía aún, no faltaban escépticos que se negaban a creer que estuviera iniciándose una nueva era, otros que se complacían en debatir durante horas enteras si Tito estaba finalmente arrepentido de su anterior actitud frente a los albaneses, o si se había visto obligado a hacer esta concesión en previsión de males mayores, pero todo aquello carecía de importancia. El tiempo había de acabar trayendo algo así, pensaba. Esto era lo esencial.

Más que en ningún otro momento creía él ahora en lo que poco antes hubiera resultado el hecho más inconcebible del mundo: el fin de la enemistad entre los serbios y los albaneses. Desde luego que no iba a resultar fácil. Sobre las memorias pesaban lóbregos fantasmas, mil años de sangre y de pavor. Y no obstante seguía confiando en que las Erinias habían comenzado a sentir que se aplacaba su sed de venganza. De ahí incluso el título que había pensado darle a un nuevo libro de ensayos que tenía en mente: *El ocaso de las Erinias.*

Fue un tiempo teñido de un clima peculiar, en que se celebraban ceremonias con la participación de todas las partes y viajaban delegaciones conjuntas al extranjero, símbolos de confraternidad entre las naciones de Yugoslavia. La prensa y la televisión hablaban de ello de la mañana a la noche, se publicaban declaraciones y poemas, se proyectaban películas; sin embargo, todo parecía estar sucediendo únicamente en las esferas oficiales, literarias y académicas. Abajo, entre el pueblo, se mantenía la misma frialdad secular. En el bulevar principal de Pristina, por las tardes, los albaneses paseaban por una acera y los serbios por la otra. Prácticamente ningún matrimonio, ni un solo vínculo amoroso se establecía entre las dos nacionalidades. Pasará, pensaba él. Sin lugar a dudas el espíritu de la conciliación terminaría por descender hasta allí abajo, de igual modo que la calidez de la primavera, poco a poco, penetra profundamente en la tierra helada. No era cosa fácil tras un invierno de once siglos. Desde luego que no era nada fácil.

En los cafés de Pristina tenía ocasión de hablar de ello con sus colegas en largas charlas en que el ardor, los sueños y el escepticismo se mezclaban unos con otros durante horas y horas. Él sostenía que si era preciso que una de las dos naciones diera el paso inicial hacia la aproximación, este acto, mejor dicho, este honor, se apresuraba a precisar, debía ser considerado como una muestra de superioridad.

Sonreía, pues sabía que con estas palabras colocaba en difícil posición a sus oponentes, a quienes, por una parte, complacía que él, el eterno ecuánime, utilizara semejantes términos, malditos en Yugoslavia, pero por otra no estaban en modo alguno de acuerdo en que su nación, aun cuando por ello pudiera considerársela superior, diera el primer paso. Los serbios nos adeudan ríos de sangre, alegaban. Son ellos quienes deben pedir perdón. No, objetaba él. El más evolucionado es siempre el primero en perdonar. Perdonar no significa olvidar. Y cuando ellos se obcecaban y reclamaban el ajuste de cuentas, «ojo por ojo», él insistía en que a una matanza no se debía replicar con otra matanza, sino con algo bien diferente. La propia mentalidad de los albaneses, proseguía, sus leyes, sus códigos, toda su filosofía están edificados de tal manera que excluyen toda suerte de matanza colectiva. Fijaos en el *kanun* milenario, únicamente consentía la muerte individual, e incluso esta mediando ciertas pausas, al menos de veinticuatro horas y como máximo de treinta días, es decir, con períodos de paz forzosa. Has matado tú, ahora esperas, le toca el turno al otro, y en el intervalo se llevaban a cabo las honras fúnebres, y todo estaba calculado para evitar cualquier posibilidad de disputa. No, bajo ningún concepto podía responderse con la matanza a la matanza, al genocidio con el genocidio. En este punto le gustaba mencionar la tesis esquilea según la cual «la desmesura en el ejercicio de la justicia muda el derecho del lado del culpable». No, él lo había reflexionado largamente y tenía la inconmovible convicción de que combatir el chovinismo con el chovinismo era lo mismo que combatir la peste dejándose embriagar por ella. ¿Qué se ganaría con ello?, preguntaba. Antes que nada apestarse uno mismo.

Sorprendidos, sus contertulios perdían el hilo de su argumentación y la conversación discurría a partir de entonces por otros derroteros. Con voz sosegada, casi arrobadora, disfrutaba disertando sobre los pueblos pequeños del globo que tenían algo en común en cuanto a costumbres, vestimenta, incluso a idioma, como eran los celtas, los albaneses, los vascos, los escoceses, que él denominaba *celestealpinos* con un vocablo de su invención. Demos nosotros el primer paso de aproximación, insistía. Será un honor para nosotros, los hombres celestes.

Como siempre, sus palabras eran acogidas bien con sorpresa, bien con escepticismo manifiesto. En formas distintas, idéntica discusión tenía lugar por doquier. En la cueva de los cristales de Gadime, una estalactita y una estalagmita encaradas la una a la otra, que según los geólogos precisarían un millón y medio de años para encontrarse, eran calificadas en la prensa y la televisión como los Romeo y Julieta de Kosova. Nadie necesitaba más detalles, todos entendían que se trataba de un Romeo albanés y una Julieta serbia, y que el lapso de un millón y medio de años expresaba el grado de incredulidad acerca de una pronta desaparición de la enemistad entre las dos naciones.

Martin Shkreli lo sabía. Sabía también algo más. Aunque lúgubre y sangrienta, la vieja epopeya de los *paladines* medievales destacaba como pocas otras por los blancos velos de las novias, por los esponsales y el establecimiento de vínculos de parentesco entre los albaneses y los eslavos. Pero una angustiosa incertidumbre pesaba siempre sobre estos enlaces: las caravanas nupciales nunca conseguían llegar a la casa de la novia, a quien debían llevarse consigo. Las *Oras,* las Erinias eslavas o albanesas, congelaban al cortejo nupcial en el trayecto. Así, la vieja epopeya podría perfectamente llevar como subtítulo *Las nupcias imposibles,* o *Los cortejos helados.* Siempre le había parecido que esta congelación expresaba simbólicamente, con mayor precisión que ningún otro fenómeno, la incongruencia entre la aspiración de llevar a cabo la boda y el estado real de las cosas, en pocas palabras, entre el sueño y la realidad. No obstante, para Martin Shkreli lo principal era esa aspiración. Creía llegado el tiempo de que aquella pesadilla se desvaneciera. Tras mil años de rigidez, los cortejos se descongelarían por fin para proseguir su marcha hacia las ceremonias interrumpidas...

En uno de los cursos de la Facultad de Filología, donde una vez a la semana impartía literatura albanesa medieval, cierto día, sorprendido ante su propia obcecación, intentó descifrar en la pizarra unas palabras prácticamente borradas. Era la cosa más normal del mundo que, durante el descanso entre dos lecciones, los estudiantes gastaran bromas y escribieran con tiza toda clase de ocurrencias que borraban después apresuradamente, solo un momento antes de que entrara el profesor. Lo sabía y sin embargo algo le empujó aquel día a leer la débil y sutil huella de la tiza medio borrada. «Shpend Brezftoht + Mladenka Markovic = ?» ¡Amor!, había gritado para sus adentros. Una sensación nunca antes experimentada estuvo a punto de obligarlo a abalanzarse sobre la pizarra, borrar aquel frío signo de interrogación y escribir en su lugar, diez, cien, mil veces la palabra amor en los dos idiomas: *dashuri-ljubav.*

Lo que había estado esperando durante años se realizaba por fin. Tenía que suceder un día, suspiró para sí, tenía que llegar. Que se conformaran si querían los escépticos con el plazo de un millón y medio de años de la cueva de los cristales. El milagro estaba delante de sus ojos.

Conocía a Shpend Brezftoht. Era uno de sus discípulos más serios. En cuanto a Mladenka, debía de ser aquella serbia de cabellos castaños a la que a veces veía en compañía del otro. Nunca se había interesado por las relaciones personales entre los estudiantes, pero a partir de aquel día, siempre que acudía a su curso, escrutaba afanosamente los rostros de los dos jóvenes intentando averiguar lo que pudiera haber sucedido durante la semana. A veces tenía la impresión de que todo aquello no era más que una fantasía suya y que nunca había existido nada entre los dos, pero llegaba un nuevo día y volvía a creer en el imposible.

A diario sucedía algo que le empujaba a confiar. Había noches en que el Gran Hotel rebosaba de albaneses procedentes de Tirana. Estaba ya prácticamente convencido de que la nueva era, esperada tal vez durante siglos, había comenzado. Y de pronto, justo cuando menos se esperaba, como un rayo en un día claro, llegó marzo con las manifestaciones de los estudiantes. Pero aun entonces, incluso cuando vio a las multitudes invadir las calles, las pancartas «Kosova-República», las banderas y consignas, no perdió la esperanza. Confiaba en que la pendencia se extinguiría con prontitud. A fin de cuentas, ninguna de las reivindicaciones, ni siquiera la principal, «Kosova-República», se expresaba por primera vez. También en 1968, cuando se reclamó el derecho a la bandera albanesa además de la República, inicialmente pareció que se iba a desencadenar el desastre, pero no sucedió así. Por el contrario, una de las peticiones fue aceptada. Así sucedería sin duda también ahora.

No había llegado aún a discutir el asunto con sus colegas, las jornadas eran en exceso febriles, todo vibraba como un nervio vivo, cuando amaneció el día primero de abril.

Llegó el día de Kosova...

¿Había recordado desde por la mañana el viejo verso de De Rada, sustituyendo la palabra Arbería por Kosova, o como quien llega con retraso al escenario de la catástrofe y avanza a continuación para situarse al frente, de igual modo el verso casi sagrado había ido desalojando todo lo demás de su memoria hasta acabar ocupando el primer plano?

Cuando a lo lejos se oyeron los primeros estampidos de las armas, se quedó inmóvil y se cubrió la cara con las manos. Aquellos disparos hicieron estremecerse el mundo entero, provocando que todo se derrumbara a su alrededor. Y él, como un pobre loco, ya se disponía a agacharse para recoger del suelo los fragmentos de los cristales y de las lámparas rotas, los libros y los manuscritos despedazados. Cuando apartó las manos de la cara, entumecido, comprobó que las paredes del estudio, los vidrios de las ventanas, los libros, todo estaba en su lugar. De la lejanía llegaba el estruendo ahogado de las armas. Abrió la puerta del balcón y salió al frío. Entre los disparos, que ahora se escuchaban con nitidez, emergía una prolongada y ondulante algarabía y luego, envuelto en ella y en los estampidos, otro profundo fragor, inhumano, provisto de un ritmo sordo. Los tanques, pensó. No recordaba cuánto tiempo permaneció así. A veces el tableteo de los disparos y el estruendo de los tanques eran rasgados por las estridentes sirenas de los bomberos o las ambulancias. Después, como si se avergonzara de su sosiego, retumbó la bóveda entera del cielo. Vio aviones que volaban a baja altura soltando estelas de humo negro, mientras los helicópteros, inexcusables elementos de la representación de pesadilla, colgaban de las alturas a la vez que todo se precipitaba, aullaba y gemía bajo sus hélices.

¿Es esto posible?, gritó. ¡En mitad de Europa, en los años ochenta, un terror semejante! Dos o tres veces pensó en su mujer, que se encontraba en el hospital, pero los estampidos y el fragor no le permitían detenerse a pensar largo rato en ninguna otra cosa. Allí está corriendo la sangre, pensó, después de un último esfuerzo por negarse a creer que, en efecto, se estaba produciendo el derramamiento de sangre, en su deseo de que aquello fueran más que nada disparos de intimidación. Pero su corazón le decía lo contrario. El aullido de las sirenas de las ambulancias lo atravesaba de parte a parte.

Cuando cesaron los disparos se puso el abrigo y sin pensarlo más salió a la calle. Intentó dirigirse al centro, pero una patrulla militar le detuvo en el primer cruce. Los soldados llevaban capotes de invierno y empuñaban fusiles automáticos con la bayoneta calada. Paracaidistas, pensó. El ejército de Nis.

Pasó el resto del día, hasta el regreso de su mujer, midiendo a zancadas su estudio. Aún no sabía nada concreto acerca de lo que había sucedido. El teléfono no funcionaba. Todo parecía muerto.

Cuando, al oscurecer, llegó ella, al primer instante, nada más ver su cara, comprendió que lo irreparable se había producido. Cien años de nueva enemistad, pensó con torpeza. Quizá doscientos. Puede que un milenio más.

—¿Qué? —preguntó a media voz.

Ella sacudió la cabeza, salpicando lágrimas en ambas direcciones.

—Atroz, Martin. Una carnicería.

Se dejó caer sobre un sofá y sus espaldas se estremecieron con los sollozos. Él le ponía la mano sobre uno y otro hombro, pero nada parecía poder aplacar aquella convulsión rítmica. Se diría que hubiera sido más sencillo calmar con la mano el temblor de un terremoto.

—No te lo puedes imaginar —gimió ella—. ¡Oh, es imposible que puedas siquiera imaginártelo!

—Oí los disparos y los tanques.

—Pues ha sido aún peor, mucho peor.

La alarma se dibujó de pronto en sus ojos al ver una gran mancha de sangre bajo el brazo de ella.

—¿Estás herida? ¿Cómo no me lo has dicho?

—¿Qué? ¿Qué dices?

—Estás herida. Tienes sangre en la blusa.

—¿Dónde? Ah, esto de aquí.

Forzó un gesto oblicuo con el rostro en el que se leían a un tiempo la amargura, el llanto y el horror.

—Mira aquí.

Con ademanes cansados se quitó la chaqueta, después la blusa y la falda, y él pudo ver con los ojos desencajados su ropa interior completamente ensangrentada.

—No te asustes —le dijo—, no tengo ninguna herida. Es sangre de los heridos.

—Sangre de los heridos —repitió él con un hilo de voz.

—He estado todo el día asistiendo a manifestantes.

—Oí las sirenas de las ambulancias.

—Ese estudiante tuyo, Romeo.

—¿Shpend Brezftoht?

—Apenas pude reconocerlo. Tenía todo el pecho desgarrado.

La catástrofe, pensó él. Es la catástrofe general.

—Ve a lavarte. No puedo verte así.

—¿Cómo? —respondió ella—, ¿cómo me voy a lavar?

No podía dejar de mirarla. ¿Eran palabras carentes de sentido o se lo había parecido a él? Tal vez fuera preciso un nuevo diccionario para expresar lo que estaba sucediendo, y otra sintaxis y otra lógica.

¿Cómo me voy a limpiar?, había dicho. Aquella sangre, ella no poseía facultades para limpiarla, este debía de ser el sentido de sus palabras, que más tarde ni ella misma recordaría. En la mente de él, la asociación de ideas se había operado de forma inexorable. Eso mismo era lo que antaño había dicho lady Macbeth sobre la sangre del crimen. Pero su mujer estaba en el papel contrario, contrario, contrario. Eran ellos quienes se empeñaban en hablar de crimen. Desde que habían iniciado aquella monstruosa inquisición en el hospital, todo lo que emanaba de ellos, cualquier palabra surgida de sus labios, estaba pervertido. Al crimen lo calificaban de derecho y a la curación de las víctimas, de acción criminal.

El gran reloj de la casa sonó tres veces. Que descanse un poco, se dijo pensando en ella. Hasta las cinco, tiene tiempo. Pero él no conseguía que le pasara siquiera la comida. Dejaría algo sobre la mesa de modo que ella creyera que había comido.

La luz de la tarde penetraba marchita del exterior, se diría que dejaba caer sobre las cortinas un último esfuerzo negligente. Martin continuaba paseando por la habitación, que iba quedándose fría. Desde las estanterías de la biblioteca, el parco brillo de los títulos de los libros hacía pensar en múltiples miradas. Allí, en dos o tres estantes apretados, se encontraba toda la historia del odio. Decenas de libros sobre el genocidio y las matanzas, una verdadera *masacroida,* como la llamaba él para sí, otros plagados de calumnias y veneno, como si estuvieran impresos no en este mundo, sino en el planeta de los ofidios. La doctrina del académico Cubrilovic para la eliminación de los albaneses en un ensayo publicado hacía un año en Croacia, la vieja epopeya albanesa de los *paladines,* la epopeya eslava... Todas las bajezas con que pudiera atizarse el enfrentamiento entre los dos pueblos se encontraban en aquellos estantes, modelos de viejos crímenes, pesadillas, fantasmas, desastres; no libros, sino escorpiones generados con linotipia.

¡Desde luego!, nosotros nunca hemos concebido una doctrina para la eliminación de los serbios, se dijo volviéndose bruscamente hacia un estante, como si le hubieran llamado desde allí. Dio dos pasos e hizo ademán de tocar con la mano los múltiples volúmenes de la epopeya albanesa.

Despertarás de nuevo, viejo titán, pensó. Lo que ha sucedido es cosa tuya.

Durante un largo rato sus ojos permanecieron clavados en los grandes tomos. De sus lomos azules y fríos no llegaba hasta él más que una emisión de rechazo. No volverá a despertar, se dijo el profesor. Hace ya tiempo que sus miembros están rígidos. El testimonio debemos darlo nosotros.

La epopeya de las nupcias imposibles, se dijo, mientras intentaba imaginar el pecho desgarrado de Shpend Brezftoht. Si es que aún permanecía con vida, ahora estaría delirando y en ese delirio tal vez se viera a sí mismo en su boda imposible con Mladenka. Todo estaba irremisiblemente arruinado.

Miró el reloj. Qué estará haciendo Teuta, pensó, dudando si debía despertarla o no.

5. Por la tarde. El libro de los muertos

En la otra habitación, ella ni siquiera había llegado a cerrar los ojos. Se limitaba a permanecer tendida de espaldas contemplando a intervalos una u otra zona del techo. Desde allí, como procedentes de unos altavoces invisibles, continuaban llegándole en sucesión insensata las preguntas que se habían formulado en la asamblea. ¿Se han dado casos de suicidio con seis o más balazos? ¿De quién recibió la orden el almacenista para sacar las camas del depósito? ¿Y el libro de registro?

Las peores preguntas procedían de la parte central del techo. Ella respondía despacio, aunque después de cada respuesta pensaba: a partir de ahora no hablaré más. Son un montón de escoria que no merecen ni que se les conteste. Sin embargo su cerebro continuaba acumulando maquinalmente las respuestas. La orden referente a las camas era antigua, eso es seguro, estaba pendiente de ejecución desde el mes pasado. Por tanto era pura casualidad que se hubiera cumplido precisamente el día (fatal) anterior. En cuanto a los suicidios, es extraordinariamente raro, claro está, pero no puede excluirse la posibilidad. Recordaba detalles de las sesiones de entrenamiento militar en la universidad, acerca de la descripción de la metralleta, sobre todo en caso de fallo mecánico, es decir, de encasquillamiento, o al contrario, cuando el seguro no funcionaba. Por lo que se refiere al libro de registro de los heridos... Siempre que se pronunciaban esas palabras, su conciencia convertía al instante el «libro de los heridos» en el «libro de los muertos». El *Libro de los muertos* de los antiguos egipcios. El *Libro de Job.* Todo aquello, de forma caótica, acudía a su mente desde sus años de estudiante.

No volveré a hablar con vosotros, ostrogodos, se dijo. Cerró los ojos para no continuar contemplando el techo, pero sintió deseos de continuar respondiendo. Me responderé a mí misma, pensó.

En realidad, ella ya se había hecho casi todas aquellas preguntas. ¿Quién había dado la orden de incrementar el número de camas la noche del 31 de marzo? Realmente no lo sabía. En las asambleas anteriores, a todos les había sorprendido su aplomo cuando respondía: yo no di esa orden. Después, la mayoría con angustia, algunos con lástima, una parte con brutal fruición, quedaron a la espera de que la verdad saliera a la luz, de que se descubriera el hilo que acabaría por desvelar que la orden había partido de ella y de ningún otro, pues ella era la jefa de la clínica. Pero cuanto más se removían las cosas, más se distanciaba ese hilo de su persona. El almacenista aludía a una amonestación que le hiciera el jefe de administración debido a ciertas negligencias cometidas por él en el cumplimiento del plan de camas. El jefe de administración certificaba de manera fehaciente que él había recibido la misma amonestación un mes antes, procedente de la dirección, amonestación que tenía su origen en un artículo de prensa donde se advertía que en su hospital las cifras planificadas eran unas sobre el papel y otras bien distintas en la realidad. Las auxiliares, sobre quienes los delegados ejercían un último intento de presión tratando de averiguar por qué habían colocado las camas precisamente aquella noche y no un día antes o después, eran por lo común quejosas mujeres de edad, cuyas respuestas desdramatizaban al instante la situación con su ignorancia y sus lágrimas fáciles, y obligaban a los miembros de la presidencia a concluir: bueno basta, ya está bien, nadie le ha puesto un cuchillo en el cuello, no le pedíamos más que una aclaración.

Pero, ¿quién dio entonces la orden?, se había preguntado ella, pese a todo, quién sabe cuántas veces. ¿Acaso era casual que justo la noche del 31, ya tarde, las doce camas suplementarias estuviesen dispuestas? No, de ningún modo podía ser casualidad. Pero entonces, ¿quién lo había ordenado? Llegó a sospechar que fue por orden de todos: del almacenista, del jefe de administración, del secretario de los comunistas, de su lugarteniente, de los tres vices del director general, del propio director general. Pensó en cada uno de ellos de dos formas opuestas: que daban la orden debido a una mezcla de humanitarismo e impulso heroico (si era este el caso, se preguntaba con disgusto, por qué la habían excluido a ella), o que la orden misma había sido una provocación y alguno de ellos era un Judas.

Mas los días pasaban y no acababa de demostrarse ni lo uno ni lo otro. ¿Por qué doce camas?, se preguntaba duran-

te una asamblea, mientras el almacenista y el jefe de administración, por centésima vez, como en una pesadilla recurren-
te, aludían a las cifras incumplidas del plan de camas, por
causa de las cuales ellos habían recibido amonestaciones que
podían ser corroboradas la una por su jefe y la otra por la dirección, la cual, por su parte, como era sabido, había recibido un toque de atención en la prensa. ¿Por qué precisamente
doce?, pensó y de pronto chisporroteó en su cerebro la idea
de que las cifras doce y nueve estaban presentes en todas las
antiguas baladas albanesas cuando se hablaba de muertos. Y
acto seguido su cerebro, enturbiándose aún más, creyó acercarse a la clave del enigma. Doce camas, como en las viejas
baladas. Así pues, nadie había dado la orden de incrementar
su número, y el hecho es que no hubo necesidad. El manda-
to había germinado por sí solo en las profundidades de la
conciencia colectiva. Durante todo marzo se habían producido disturbios en Kosova, pero la última noche del mes se
presentía que iba a correr la sangre. Su aroma flotaba en el
aire. Y entonces, como ocurriera cientos de veces en el pasado, cuando en vísperas de una guerra o de una tragedia, se
disponían en las *kulla*[1] montañesas los lechos para los posibles heridos (acción que se ejecutaba con la misma naturali-
dad con que los hoteles se preparan para la nueva temporada
turística), al igual que antaño, en cuanto se percibió el aroma
de la sangre, se incrementó el número de camas en el departamento de cirugía.

Estaba convencida de que ni los mismos que se habían
ocupado de ello eran capaces de proporcionar explicacio-

---

1. *Kulla:* vivienda fortificada, en forma de torre, de la zona norte de Albania y Kosova. *(N. del T.)*

nes concretas acerca del porqué de su comportamiento precisamente aquella noche. No mentían ni se escudaban cuando esgrimían evidencias y actas que daban testimonio de los apercibimientos recibidos debido al incumplimiento del plan. Todo aquello era realmente así. Pero ellos mismos, aunque quisieran, no estaban en condiciones de identificar el verdadero mecanismo motriz del que había partido la orden que, confusamente, como en una suerte de duermevela, habían ejecutado. De ahí que las respuestas de las viejas auxiliares quejumbrosas consistieran siempre en algo a medio camino entre las palabras y el llanto, lo mismo que los objetos medio sumergidos en agua.

Con el libro de registro debió de suceder lo mismo, pensaba. Podían buscarlo cuanto quisieran con toda su policía secreta, sus perros, sus laboratorios, sus instrumentos malditos: jamás lo encontrarían.

Su mirada se detuvo durante largo rato sobre la superficie blanca y tersa del techo. Este parecía finalmente apaciguado. ¿Qué más preguntas tienes?, se dirigió mentalmente a Kostic. Contaba con que la interrogara acerca de las ráfagas de ametralladora, incluso más. Esperaba que mencionara los tanques, pero el delegado no se había dejado enredar en esa trampa.

¿Y los balazos, no vio usted los balazos?

Lo había visto todo. Y por supuesto que lo había comprendido todo. Comprendió que le traían a los heridos directamente del escenario de la carnicería, y cada vez que un proyectil extraído tintineaba en la vasija metálica donde depositaban los instrumentos utilizados, ella temblaba interiormente. Antiguos cuentos de vieja, escuchados antaño en la infancia, con aquel estilo rígido y peculiar que posee la narración de los hechos trágicos —después mataron a Azem, recibió un balazo en las costillas bajas, etcétera— se mezclaban con la rutina de las fórmulas profesionales: ¡bisturí! ¡Escalpelo! ¡Pulso!

Se abstuvo de hacer preguntas con el fin de no colocar a nadie en situación comprometida. Sus ojos se cruzaron varias veces con los del asistente, al tiempo que, por razones que ignoraba, evitaba los de la anestesista. Los dos eran serbios y seguro que sabían lo que estaba sucediendo. La mirada del asistente era turbia, desenfocada, como si la estructura de sus ojos hubiera experimentado una completa reorganización y ahora mirara no hacia afuera sino hacia su propio interior. Le resultaba difícil imaginar lo que podía rondarle en la cabeza en aquellos instantes a su asistente serbio. ¿Sentimiento de culpa por la carnicería que habían llevado a cabo sus compatriotas? ¿Temor confuso o turbación ante la sangre que de pronto había dejado de ser sangre quirúrgica, si pudiera utilizarse esa expresión, para convertirse en otra cosa, en la sangre vertida de un crimen viejo, viejísimo, de esos que desconciertan incluso a un cirujano? Tal vez fuera una de las tres cosas, o las tres a la vez, lo que provocó su desacostumbrado mutismo, ella no pudo averiguarlo. Más tarde, al recordar aquel silencio, se diría: es preferible que fuera así.

Porque el silencio continuó incluso cuando sobre el cuerpo de una de las víctimas apareció la huella de un aplastamiento infrecuente, que había arrancado parte de una pierna. Cadenas de tanque, clamó para sus adentros, conteniendo a duras penas el grito que pugnaba por brotar de su garganta. Por última vez sus ojos se cruzaron con los del asistente. ¿Qué es esto?, preguntaron los ojos de ella, y la mirada de él, aunque ya definitivamente descabalada, alcanzó a responder: una cadena de tanque, señora. ¿Qué otra cosa va a ser?

Del estudio de su marido le llegó el sonido del reloj: dong, dong, dong. El picaporte de la puerta giró sigilosamente.

—Ya me levanto —dijo cuando él apareció en el umbral.

—¿No vas a comer algo?

Se esforzó en sonreír, a sabiendas de que este esfuerzo, si bien no conseguiría originar el gesto correspondiente en su rostro, al menos borraría de él la tristeza.

—Lo intentaré. ¿Qué has hecho tú?

Él hizo un gesto con la mano, como diciendo: ¡ahora vas a preocuparte por mí!

Trasteó un rato en la mesa del comedor, más para convencerse a sí misma, y a su esposo al mismo tiempo, de que comía algo que con intención de hacerlo realmente. Después tomaron un café juntos y él la acompañó hasta la puerta sin advertirle: cuidado, mantén la sangre fría, ni frase alguna semejante que pudiera decirse en este género de casos. Solo la miró tiernamente y ella, a medida que se alejaba, se preguntaba si su marido no tendría más confianza en ella de la debida. En todo caso le estaba agradecida por aquella ternura desprovista de compasión que había leído en sus ojos, así como por la confianza que, aunque fuera excesiva, le demostraba.

En varias ocasiones a lo largo del trayecto trajo a su memoria esta mirada, pero la última vez que lo hizo, próxima ya a la entrada del hospital, creyó descubrir al fin la causa del exceso de serenidad en el rostro de su marido. Su confianza parecía emanar de algo que desbordaba aquella asamblea, a ella misma, la mujer con quien llevaba casi veinte años conviviendo.

66

6. Día de diferenciación. Continuación y fin

La asamblea ya duraba una hora. Habían vuelto a intervenir el jefe de administración, el almacenista y dos de las auxiliares, que habían acabado como siempre entre lágrimas. La mayor parte de las frases que se pronunciaban eran las mismas de la mañana y a veces Teuta tenía la impresión de haber retrocedido a antes del mediodía. El responsable del parque de vehículos estuvo largo tiempo explicando cómo los conductores de las ambulancias habían utilizado las mangueras de riego para lavar los coches a lo largo del día primero de abril, repetidas veces además.

—¿Viste la sangre con tus propios ojos? —le interrumpió Kostic.

—¿Qué? —exclamó completamente desconcertado el otro.

—Que si viste la sangre con tus propios ojos, te pregunto.

El otro sacudió la cabeza en señal de negación.

—Ni siquiera se me pasó por la cabeza algo parecido, camarada Kostic. Solo ahora me he enterado de que aquello era sangre.

—¿Y no sentiste curiosidad por saber a qué venía aquel continuo lavado de los coches?

—Cómo le diría..., la verdad es que se me ocurrió, pero no le di mayor importancia. Cosas de chóferes, pensé; habrán cometido alguna de sus acostumbradas infracciones del reglamento, transporte de mantequilla, de pollos o qué sé yo, habrán ensuciado el coche y ahora quieren borrar los rastros. Eso es lo que pensé.

—Y después os apresurasteis a despedir a los conductores para borrar el rastro también vosotros.

—Yo no tengo atribuciones para despedir a los chóferes —replicó el otro.

—Carece de importancia quién, tú o cualquier otro —alegó Kostic—. Bueno, ¿tienes algo importante de lo que informar? Ve al grano.

El empleado del garaje comenzó a hablar otra vez del lavado de los coches, pero su relato era tan trabajoso, daba tales vueltas y revueltas, que poco a poco todos fueron teniendo la impresión de que la manguera que los chóferes habían utilizado, y que él no cesaba un instante de invocar, se le estaba enredando entre las piernas.

En la presidencia oyeron a Kostic pronunciar un «idiota» entre dientes, antes de que su voz cansada gritara:

—¡Basta! Eso ya lo hemos oído.

Teuta Shkreli volvió a sentir el ya familiar retortijón en el estómago. Durante todo el tiempo en que se había estado tratando el asunto de los conductores, la atención se había apartado un tanto de ella. Ahora podía volver. Las camas de más. El movimiento de las ambulancias. La desaparición del libro de registro. Todo aquello adquiría poco a poco la apariencia de un delirio.

—¿Y vosotros? ¿Qué podéis decirnos vosotros? Tomasteis parte en las operaciones, ¿no es así?

En la sala se hizo de nuevo un profundo silencio.

Era la primera vez que Kostic se dirigía a los dos serbios: al asistente y a la anestesista. Después de ellos, volverá a tocarme el turno a mí, se dijo la médica.

El asistente fue el primero en ponerse en pie. Su mirada continuaba albergando la misma devastación que durante los primeros días de abril. Sus frases sonaban secas y esto saltaba aún más a la vista por cuanto era evidente que las pronunciaba una boca desprovista de saliva. Que los heridos procedieran de la manifestación, eso ni se ponía en duda, explicó. No se trataba solo de los orificios causados por armas automáticas, como ya se ha dicho varias veces, sino también de las huellas de las granadas de gases lacrimógenos en las caras de las víctimas y otros traumatismos provocados por artefactos que solo las fuerzas del orden pueden poseer.

—¿Y usted no consideró su deber moral preguntarle a su superiora: a quién estamos curando aquí?

—Era tan evidente a quiénes estábamos curando que no había el menor lugar para semejante pregunta.

—Y sin embargo la pregunta era del todo pertinente, compañero doctor —prosiguió Kostic—. Si la hubiera formulado usted, no habría medio de que la doctora Shkreli nos presentara aquí como pretexto su coartada moral. ¿O acaso las continuas presiones ejercidas sobre ustedes, los médicos de nacionalidad serbia, han conseguido amedrentarlo a tal extremo?

El asistente no respondió.

—¿Y bien? —continuó Kostic—. De modo que usted contribuyó conscientemente a curar a los enemigos de Yugoslavia.

—Eso no tiene nada que ver con la esencia de la cuestión —replicó el asistente—. Puede resultar necesario curar a los enemigos, o a los presos.

—Pero aquellos no estaban presos —gritó Kostic—. No ya esposas para maniatarlos, ni siquiera había una mala lista con sus nombres anotados. Es para volverse loco.

—En eso no pensé —adujo el otro—. Ni siquiera se me pasó por la cabeza la idea de que pudieran estar en libertad. Incluso...

—¿Incluso, qué? —inquirió Kostic al observar la vacilación de su interpelado.

—Nada —respondió el asistente.

La anestesista declaró prácticamente lo mismo. Que los heridos eran manifestantes no podía ni dudarse. La conclusión era evidente, se quisiera o no. La noticia de las manifestaciones había cundido y además los estampidos de las armas se oían hasta en el hospital. Hubiera sido ridículo buscar otra causa para todas aquellas heridas.

A la pregunta de Kostic demandando cómo podía explicarse entonces que hubiera tomado parte en la atención a los criminales, la anestesista respondió impasible que era la cosa más normal. Incluso...

Kostic estuvo a punto de interpelarla, como había hecho poco antes con el asistente, pero la otra prosiguió sin darle tiempo a intervenir.

—Incluso, en casos así, resulta obligado mantener vivos a los criminales, debido a razones fácilmente imaginables.

Un murmullo ahogado recorrió el auditorio. Volviendo la cabeza a derecha e izquierda, la anestesista pareció a punto de decir algo más, pero de pronto cambió de idea y tomó asiento.

El murmullo continuaba invadiendo la sala. Los ojos de Teuta Shkreli volvieron a toparse con la mirada del hombre del sombrero que había visto por la mañana en el pasillo. Su rostro estaba como la grana y su cuello y sus labios poseían esa predisposición al movimiento propia de los borrachos en busca de una oportunidad para intervenir en una conversación. Poco más allá vio también al corresponsal de Tanjug sosteniendo un enorme aparato fotográfico, que parecía más anticuado de lo que en realidad era debido a la funda negra que lo envolvía.

Kostic había tomado otra vez la palabra.

—Les hago una llamada para que consideren el problema con mayor seriedad. Si yo ahora propongo, por ejemplo, que retornemos a la cuestión del número de camas, incrementado durante la noche del 31 de marzo, una parte de ustedes se dirá a buen seguro: ¿otra vez golpeando la misma campana? Estoy convencido de que eso es lo que opinan algunos. Pero dejemos que piense así quien lo desee. Volveremos sobre ello, no ya dos o cinco veces, sino cincuenta si es necesario. Golpearemos y continuaremos golpeando esa misma campana hasta que resplandezca la verdad, porque, como ya les dije por la mañana, compañeros, no se trata aquí de un asunto irrelevante. Se trata de la supervivencia de nuestra querida Yugoslavia —hizo una breve pausa—, de impedir que toquen las campanas a muerto por ella, he aquí de lo que se trata.

Satisfecho al parecer de su hallazgo retórico (el silencio general mostraba que había caído con todo su peso sobre la concurrencia), durante varios segundos midió la sala con la mirada.

—En realidad, compañeros, ¿saben por qué le concedo tanta importancia a la cuestión de las camas? ¿Acaso creen que por el placer de condenar a esta o aquella persona? Quien piense así se equivoca groseramente. Eso no es, en modo alguno, mi objetivo ni mi deseo. Tengo la impresión de que la doctora Shkreli me interpretó mal esta mañana. Siento el mayor respeto tanto por ella como por su marido, quien, como es de público dominio, es reconocido como una de las más eminentes personalidades de Kosova. Y si es que, en contra de mi propio deseo, llegué a impacientarme con ella esta mañana y le hablé con cierta aspereza, le pido excusas ante todos ustedes. No siento el menor escrúpulo ni vacilación al hacerlo, porque como les decía, compañeros, estamos abordando aquí supremos objetivos.

Dejó que mediara una nueva pausa, extendió la mano hacia el vaso que tenía delante, junto a una jarra de agua, y lo llenó hasta la mitad. ¿Qué habría sucedido durante el descanso de la comida?, se preguntaba la doctora. Incluso antes de que Kostic pronunciara las últimas palabras ya había percibido que carecía de la seguridad de por la mañana. ¿Era algo relacionado únicamente con ella y con su marido (se disponían tal vez a pedirles alguna declaración de condena de las manifestaciones), o se trataba del inicio de una fase de apaciguamiento general? Se le escapaba por completo aquel enigma.

Los ojos del hombre del sombrero, que no se apartaban un instante de ella, parecían revelar parecido estupor ante las últimas palabras de Kostic. En cuanto al corresponsal de Tanjug, exhibía ese gesto adusto propio de quien se empeña en no escuchar nada de lo que se le dice.

La explicación puede ser perfectamente cualquier otra, se dijo a sí misma. Es posible que, con objeto de aparentar preocupación por la justicia, por la ecuanimidad, por la oposición a todo exceso nacionalista, se haya sugerido la conveniencia de condenar también a algún representante en extremo celoso del chovinismo gran serbio, y que Kostic, notoriamente distinguido como tal, haya olfateado la trampa. Tal vez durante el descanso del mediodía haya recibido en alguna parte una amonestación al respecto o puede que sus partidarios le hayan advertido del peligro.

—Antes de regresar al punto de partida, las camas —proseguía Kostic—, quiero advertir que, considerado en su apariencia externa, el asunto puede parecer trivial, estoy convencido incluso de que muchos de los presentes en la sala se han preguntado: ¿cómo prestan tanta atención a semejantes historias? Porque, si hablamos con franqueza, compañeros, las justificaciones que se han presentado y continúan presentándose aquí sobre la supuesta planificación previa del incremento en el número de camas, etcétera, a mi parecer no son más que sandeces. Todo el mundo sabe de sobra que el motivo para ese aumento fue otro y ese motivo fueron ni más ni menos que las manifestaciones —hizo una nueva pausa, extendió la mano hacia el vaso de agua, pero no llegó a tocarlo—. Hablando claro, compañeros, a mí no me parece ninguna calamidad que haya aumentado el número de camas debido a las manifestaciones. Sí, sí, insisto: no me parece ninguna calamidad. Encuentro perfectamente comprensibles todos los malentendidos que pudieron surgir en el desconcierto de los primeros instantes tras semejante conmoción, el sobresalto, la compasión por los estudiantes heridos en momentos en los que aún se ignoraba qué estaba pasando, las circunstancias en que se había producido el drama. En una situación de tal naturaleza, por tanto, es lógico que se produzcan reacciones sentimentales, cierta disposición a prestar ayuda a los heridos por encima de cualquier otra consideración. De modo que, como decía, no veo en ello delito alguno. Eso sí, lamento que ustedes se nieguen a reconocerlo, aunque, para acabar de ser sincero, quiero añadir que tampoco esto me parece ningún desastre. De igual modo que son comprensibles las motivaciones a que me refería antes, también lo es la renuencia de la gente a admitir que, voluntaria o involuntariamente (sobre todo lo segundo), han tomado parte en una acción que a sus ojos parece de lo más normal, pero que, al cabo, resulta ser condenable. No sé si me expreso con claridad, compañeros.

Qué zorro, se dijo Teuta Shkreli, mientras la mirada de Kostic, apaciguada (aunque no demasiado) por una vaga sonrisa, permanecía suspendida durante un rato sobre la sala.

—Compañero Kostic —intervino ella con voz serena—. Está usted haciendo uso ahora de un lenguaje un tanto diferente del de esta mañana, pero yo quisiera hacerle precisamente esa pregunta que poco antes ha calificado usted mismo de ingenua, es decir: ¿por qué se le concede tanta importancia al asunto de las camas? Dicho de otro modo, si para usted están claras tanto las motivaciones que pueden haber empujado a las personas a prestar ayuda a los heridos, como las que les mueven a negarlo, parece realmente legítimo preguntarse: ¿por qué continúa este interrogatorio?

—Esto no es un interrogatorio, doctora —la atajó Kostic con voz helada—. Me parece que yo no tengo ni el talante ni el tono de un juez de instrucción.

—Perdone por la inexactitud —respondió ella—. Sin embargo mi pregunta sigue en pie: si todo está claro a su parecer, ¿a qué viene continuar insistiendo en el asunto de las camas?

Solo a costa de un gran esfuerzo pareció sofocar Kostic un resplandor feroz en la parte superior de su rostro. Después su semblante retornó a su ser natural, frío y gris.

—Queda de todos modos un punto poco claro —replicó en tono contenido, que revelaba un primer signo de vacilación—. Y se refiere al momento en que se instalaron las nuevas camas. Eso fue la noche del 31 de marzo, ¿no es así, doctora?

Ella asintió con la cabeza.

—Esa es la cuestión —continuó Kostic con la misma prudencia anterior—. En ese hecho radica algo grave, trascendental.

—¿Qué pretende decir? —le interpeló ella, como si temiera que fuera a dejar a medias la idea.

En realidad, la duda que martirizaba a Kostic acerca de si debía o no expresar lo que pensaba se dibujó casi físicamente en su rostro. Contempló al auditorio, que como una bomba de succión le reclamaba que dejara escapar de su boca las palabras que retenía.

—Si las camas fueron dispuestas el 31 de marzo, eso significa que alguien sabía que al día siguiente iba a tener lugar una manifestación —dijo con voz pausada—. Y, por lo tanto, que ese alguien recibió la orden del exterior.

—Compañero Kostic —le atajó la doctora Shkreli en tono severo—, disculpe que le interrumpa, pero tengo la impresión de que usted, que hace un momento nos hablaba de sinceridad, no da muestras de ninguna ante nosotros.

—¿Cómo se atreve? —replicó él con voz sorda.

—Acaba usted de decir que no le parece ningún drama el hecho de que se atendiera a los heridos, tampoco el asunto de las camas, ni siquiera la negativa de unos y otros a reconocer los hechos. Y ahora resulta que todo eso se esfuma y que, muy al contrario, el asunto de las camas nos conduce a órdenes secretas, ilegales, etcétera. Me gustaría saber cuál de esos dos pareceres es el verdadero.

En la sala se desencadenó un enorme barullo. Durante unos instantes Kostic agitó la cabeza junto con el brazo de derecha a izquierda, como si tratara de expresar una negativa, aunque sin que pudiera adivinarse si el ademán iba dirigido a la sala para que cesara el ruido, a la doctora para mostrarle su desacuerdo, o a ambas por igual.

—Doctora Shkreli —dijo alzando la voz—, usted interpreta mal mis palabras. Yo solo estaba haciendo una suposición.

—Ha hecho usted una acusación —replicó ella—. Nos ha ofendido a todos.

—¿Cómo se atreve?

Para asombro de la doctora, quien había pronunciado las últimas palabras en forma de alarido no era Kostic, sino el hombre del sombrero, que se había puesto de pronto en pie. Las venas de su cuello estaban tan hinchadas que su cara amoratada parecía a punto de reventar.

—¿Quién es usted? —le increpó la doctora.

—¿Cómo se atreve a ofender de esa forma al jefe? —volvió a gritar el otro con voz pastosa—. ¿Cree que estamos todavía en la época de los paños calientes, eh?

—Está usted borracho —dijo la doctora—. ¿Quién le ha dado permiso para entrar aquí?

—¡Échenlo fuera! —ordenó desde la presidencia una voz, que a ella le pareció la del subdirector.

Mientras se acercaban a él con objeto de cumplir la orden, el borracho aún miraba con ojos desorbitados a Kostic, mas este, secundando a los demás, ratificó con un gesto de la mano que lo expulsaran de la sala. El alborotador opuso cierta resistencia, pero los dos hombres que le habían sujetado fuertemente por los brazos consiguieron arrastrarlo hasta la puerta. Al atravesar el umbral volvió una vez más la cabeza hacia la tribuna y gritó varias frases ininteligibles entre las que solo pudieron distinguirse las palabras «¡... esterilización de las muchachas serbias!».

—¡Tranquilidad, compañeros! —reclamó varias veces Kostic—. Yo solo hacía una suposición —continuó cuando el silencio quedó hasta cierto punto restablecido—. Puede que me expresara mal, pero mi intención no era otra que mostrar adónde puede conducir a veces la frivolidad en la consideración de un problema, como es el caso del asunto de las camas. Eso es lo que quería decir. No tiene usted por qué dramatizar las cosas.

—Compañero Kostic —intervino la doctora poniéndose en pie—. Me parece que no soy yo quien las dramatiza, ya son sobradamente dramáticas por sí mismas. Sembrar la sospecha de que alguien en esta sala mantenga vínculos secretos con un grupo de conspiradores e, incluso, reciba órdenes de ellos, ¿acaso eso no es dramático? ¿Cómo podemos aceptar una afrenta parecida?

Kostic hizo un nuevo movimiento de cabeza tratando de negar, pero su semblante revelaba ya cierta desgana.

—Compañera Shkreli, está en su derecho al insistir en sus ideas fijas, pero repito que yo no he pretendido arrojar mancha alguna sobre ninguno de los presentes. No obstante, dije y lo mantengo que lo que sucedió en este hospital el día primero de abril, al igual que en otros centros sanitarios de Kosova, no es atribuible al azar. Camas que aparecen justo la víspera de los sucesos, ambulancias que van y vienen durante todo el día por la ciudad, y sobre todo un libro de registro que desaparece sin dejar rastro, todo eso, compañeros, no puede ser mero producto de la casualidad. ¿Cómo se explica según ustedes la desaparición del libro? Un registro junto con el que se esfumaron también los nombres de quienes habían encabezado la rebelión, dispararon contra las fuerzas del orden y provocaron los enfrentamientos. ¿Comprende, doctora, la pérdida que eso representa?

—En eso tiene usted razón —respondió ella—, lo cual no le faculta sin embargo para lanzar gravísimas acusaciones a propósito de todo lo demás. En cuanto al libro de registro yo, en calidad de jefa del servicio de cirugía, puedo decir tan solo una cosa: si los órganos de seguridad, que sin lugar a dudas están investigando la cuestión, descubren siquiera el más pequeño hecho revelador de que yo estuviera al corriente de su desaparición, estoy dispuesta a ir a la cárcel por mi propio pie, a dejarme condenar sin aceptar ninguna defensa. ¿Qué más quiere que le diga?

Una efervescencia contenida invadió de nuevo la sala. De pronto, entre los numerosos pares de ojos que la observaban, atrajo la atención de Teuta el centelleo insistente de una mirada. Era la del doctor Rexha. Ya durante la sesión de la mañana, al aludirse a la desaparición del libro de registro, había percibido ella la punzada de sus ojos, pero lo había olvidado enseguida. Aun cuando permaneciese sentado, era imposible tomarse en serio la cara del doctor Rexha, indisociable de su cuerpo magro y desmadejado con

78

trazas de marioneta, hechura que, a buen seguro, jugaba un nada despreciable papel en la reputación de estrambótico que el doctor se había granjeado no solo en el departamento de cirugía, sino en todo el hospital.

Pero esta vez, por poco dramática que resultara en su rostro atolondrado, la mirada de su colega la hizo estremecer. Aquellos ojos, que ella se había habituado a mirar sin atención, poseían ahora tal carga emotiva que parecían a punto de desintegrarse, incapaces de albergarla por mucho tiempo. ¿Qué le sucederá?, se preguntó, y dos segundos más tarde se respondió a sí misma con toda certidumbre: sabe algo.

Turbada, con la sensación de estar eludiendo así un peligro, Teuta dejó de observarlo, pero incluso con la cabeza vuelta sentía que sus ojos continuaban clavados en ella. Sabe algo, volvió a decirse alarmada. Algo relacionado con el libro de los muertos.

En la sala se había restablecido cierto grado de calma. Se dejaba oír la voz del subdirector. Con sigilo, como quien hace esfuerzos por pasar desapercibido, Teuta volvió los ojos hacia el doctor Rexha y al comprobar que no dejaba un momento de mirarla, un ¡oh! sobrecogido sonó en su interior. No cabe duda, sabe algo, pensó. Pero, ¿qué pretende de mí? No encontraba modo de resolver si era preferible intentar tranquilizarlo respondiendo a su mirada con una sonrisa, o aparentar no haberse dado cuenta de nada. Temía que tanto una cosa como la otra pudieran exaltarlo todavía más.

Hizo un esfuerzo por dejar de pensar en él. Quizás fuera un exceso de fantasía por su parte y la mirada del doctor Rexha no poseyera ningún significado particular. La asamblea había vuelto a derivar a una fase de monotonía, dando más que nunca la impresión de que todo era una pura repetición. La anestesista, en respuesta a una pregunta del subdirector, explicaba una vez más que una parte de los heridos no había necesitado anestesia, pues permanecían inconscientes. No es eso lo que te preguntaba, decía el subdirector, pero la anestesista continuaba con la misma argumentación. Tal vez porque se estaba hablando de anestesias y estados de inconsciencia o debido a la monotonía del debate, la sala parecía poco a poco presa de un adormecimiento generalizado. Las ojeras en los rostros de los asistentes evidenciaban el cansancio de todos, así como su impaciencia porque se pusiera fin a la asamblea cuanto antes. El aturdimiento era igualmente perceptible entre los miembros de la presidencia, incluso en el rostro de Kostic, que a intervalos parecía encontrarse ausente.

El subdirector general consultó el reloj y murmuró algo al oído de Kostic. Ah, claro, pensó ella. La hora del toque de queda se aproximaba y ellos no podían prolongar a su antojo aquel suplicio. Kostic balanceaba la cabeza en señal de asentimiento. También él parecía deseoso de desembarazarse de aquel embrollo. Sin lugar a dudas, algo había sucedido durante la pausa del almuerzo. Una sugerencia de arriba, un cambio de táctica o cualquier otra cosa que nadie era capaz de imaginar. Durante aquellos días, seguro que incluso entre los funcionarios serbios se estaban produciendo ajustes de cuentas, a saber si no había lucha por el poder. El repliegue de Kostic no podía carecer de motivación.

—Sea breve, compañero —reclamó el subdirector a la persona que estaba en el uso de la palabra.

La impaciencia por clausurar la asamblea era ya manifiesta. Varios miembros de la presidencia conversaban entre sí con las cabezas juntas y su desinterés se transmitía a toda la sala. Teuta sintió que su pecho se liberaba de una enorme presión. Al parecer, eso había sido todo. Aquella prueba concluía por fin, como todas las demás.

Tras un intercambio de susurros con Kostic, el subdirector se puso en pie con el evidente propósito de poner término a la reunión. Intervino brevemente refiriéndose a los recientes acontecimientos, que habían conmocionado no solo a Kosova y a Yugoslavia entera, sino también a todo aquel extremo de Europa.

—Todos nosotros deberemos extraer alguna enseñanza de los pasados sucesos —prosiguió—. En cuanto a mí, al margen de algunos pequeños malentendidos que, seamos sinceros, resultan inevitables en esta clase de discusiones, creo que la asamblea que hemos celebrado hoy, de igual modo que todas las precedentes, ha sido positiva, muy positiva incluso. Ha contribuido como mínimo a una cosa: a aguzar nuestra vigilancia. Confío en que el camarada Kostic sea de la misma opinión. Por lo que yo he llegado a comprender, ese era su principal objetivo: hacernos una llamada a la vigilancia.

Respondiendo a la mirada del subdirector, Kostic sacudió la cabeza en señal de asentimiento. Su deseo de concordia no podía ser más evidente.

Una vez levantada la sesión, tras estrecharles a todos la mano, Kostic se reunió en último término con Teuta Shkreli.

—Hasta la vista, doctora —dijo—, lo pasado, olvidado.

Soltó una carcajada y ella rió también. En el rostro de aquel hombre no había ya el menor rastro de animosidad.

Numerosas personas permanecían aún en torno a ellos, asistiendo con una sonrisa a este final conciliador. Y de pronto, como para rematar la escena, a la derecha del grupo relumbró el fogonazo del aparato fotográfico. La doctora volvió la cabeza en esa dirección pero su sonrisa se esfumó al instante. La expresión feroz del corresponsal de Tanjug, con un brillo juguetón en las pupilas donde se aliaban el odio y la burla, más parecía la de un francotirador en trance de disparar que la de alguien que acaba de hacer una fotografía. A Teuta no le hubiera extrañado que del objetivo del aparato acabara elevándose una columna de humo.

De camino hacia casa, la imagen del corresponsal no cesaba de asaltarla. De ningún modo podía tratarse de algo fortuito, pensaba. Lo mismo que no lo había sido el cambio de actitud de Kostic. Era evidente que algo se tramaba entre ellos.

No alcanzó a llevar más lejos sus cavilaciones, pues tuvo el presentimiento de que la seguían. Antes de convencerse de que alguien intentaba en efecto alcanzarla, vio una larga sombra que resbalaba a sus pies; un instante después percibió un jadeo.

—¡Doctora!

—Ah, es usted, Rexha —dijo con un hilo de voz, sintiendo al tiempo que todo su ser se helaba. A causa del corresponsal de Tanjug, casi había olvidado al doctor Rexha y su mirada.

—Doctora —dijo con una voz cada vez más estrangulada—. Yo quisiera... había pensado...

—¿De qué se trata? —le interrumpió ella mirando hacia los lados—. ¿No podemos dejarlo para mañana en el hospital?

—No —respondió él—. Es preciso que se lo diga ahora. Cada vez que se mencionaba el libro de registro en la asamblea...

—Doctor Rexha —volvió a interrumpirlo ella—. Estas no son cosas para discutirlas en la calle. Venga a verme mañana a mi despacho.

—No —repitió el otro con una suerte de obstinación.

Ella le miró de hito en hito.

—¿Cómo se atreve a pretender obligarme a que le escuche? —dijo en tono amenazador.

Él fue a responder y de pronto a ella le pareció que aquel cuerpo enclenque y desgarbado, más que temor, infundía piedad.

—No soy un provocador —dijo entre balbuceos—. Como usted sabe, yo estaba de guardia la noche del primero de abril.

Ahora me va a decir que fue él quien hizo desaparecer el libro de registro, pensó Teuta fugazmente. Pero, ¿por qué tenía que confiarle a alguien, a ella en particular, su secreto? Todo su aplomo en el curso de la asamblea había estado precisamente fundado en el hecho de que ignoraba ese secreto.

—Rexha —le dijo, esta vez con dulzura—. Es tarde y se acerca la hora del toque de queda. ¿Dejamos esta conversación para mañana?

Él se balanceó sobre sus largas piernas de muñeco.

—No tengo nada de qué hablarle —dijo—. Solo pretendía entregarle esta cinta.

Antes incluso de que alcanzara a preguntarse lo que podía contener aquella cinta de magnetofón: música, la banda sonora de una grabación televisiva o declaraciones de Radio Tirana sobre los sucesos de Kosova, sintió el contacto frío del plástico en la mano. Devolvérsela, decirle que aquello no estaba bien para un hombre de su edad, que su proceder (era cosa suya si se ofendía) tenía todas las trazas de una provocación, ese fue su primer impulso. Pero entre todos los peligros posibles le pareció que el peor era justamente permanecer allí a hora tan avanzada escuchando las explicaciones de aquel hombre y tratando de entenderse con él. ¡Al menos el asunto no guardaba relación con el libro de registro! Eso sí que la habría hecho temblar, mucho más que un simple intercambio de cintas de casete, una práctica de lo más corriente.

Se la guardó en el bolso y, sin conceder tiempo al otro siquiera para un amago de explicación, le dio las buenas tardes. Se alejó de allí con paso rápido y solo logró serenarse cuando se supo lo bastante lejos como para que, aun cuando el otro pretendiera decirle algo más, su voz ya no lograra alcanzarla.

Se sintió aliviada. ¡Estúpido!, exclamó dos o tres veces para sí. No bastaban todos los sustos de aquel día para que encima le viniera aquel memo a sobresaltarla por una nadería. Lo más probable era que la cinta no contuviera más que música. De un tipo tan estrafalario podía esperarse cualquier cosa. Un redomado estúpido, insistió, sin lograr, pese a todo, irritarse con él. Era yo quien estaba de guardia la noche del primero de abril..., el recuerdo de sus palabras le provocó un nuevo estremecimiento. ¿Sería realmente una simpleza aquella cinta? ¿Una ocurrencia extravagante?

Desde luego que lo es, pensó poco después. Qué otra cosa podía esperar de un chiflado como el doctor Rexha. De cualquier modo, ella no sabía nada acerca de aquella cinta. Incluso podía arrojarla en aquel mismo instante a la cuneta de la carretera para acabar de una vez con sus recelos.

Tonterías, se dijo. A qué venía complicarse la vida con semejantes pequeñeces. Divisó a lo lejos las ventanas iluminadas del estudio de Martin. Me espera, pensó y apresuró el paso. Estará impaciente por que se lo cuente todo.

7. Fin del día. Proximidad de la noche

Apuró la taza de café que ya se le había enfriado.

—Bueno, creo que ya te lo he contado todo —concluyó dejando la taza sobre el plato—. ¿Y por aquí, que ha pasado?

—Me han telefoneado de la Academia —respondió él—. Mañana se celebra una asamblea.

—¿Ah, sí?

—Sí. Parece que también pretenden organizar reuniones con los escritores y los periodistas.

—Ahí lo tienes, está claro —prosiguió ella—. Así se explica el cambio de tono de Kostic.

—Exactamente. Eso es lo que pensé mientras me lo contabas, pero no quise interrumpirte.

—La consabida historia —sentenció ella—. Después del palo, la zanahoria.

—Como me pidan una declaración, me voy a negar —añadió él con la mirada vuelta, sin motivo aparente, hacia el extremo de la biblioteca situado junto a la ventana. Ella intentó imaginar qué libros se encontraban allí, pero estaba demasiado cansada como para obligarse a tales esfuerzos.

—¿Has escuchado las radios? —preguntó.

Él dijo que sí con la cabeza:

—Hablan de la represión. Poco a poco sale a la luz la verdad.

—Cuando se sepa todo lo sucedido y lo que todavía continúa sucediendo, el mundo entero se estremecerá.

—Desde luego —añadió él, pero ella no entendió a qué se refería: a que la verdad acabaría por saberse, o a que el mundo se horrorizaría al conocerla—. Desde luego —repitió—. Solo unos cuantos periódicos continúan manteniendo una actitud neutral.

—Es para volverse loca.

—Es la barbarie, o peor aún —hizo crujir él los nudillos con ademán de nerviosismo, como solía hacer cuando no lograba encontrar las palabras justas para expresarse—. Se produce una manifestación donde la gente reclama... ¿qué reclaman a fin de cuentas? Algo honroso, algo que, desde hace dos mil años, desde los tiempos de César y de Bruto, es considerado una noble aspiración, reclaman la República; y contra esa gente, en mitad mismo de Europa, a finales del siglo XX, se envían los tanques. ¿Acaso resulta difícil decidir de qué lado debes estar en una situación así?

—Es inconcebible —murmuró ella entre dientes, sin aclarar a qué se refería con exactitud.

—Se puede estar contra Albania, se puede incluso estar contra los albaneses en general, pero en una circunstancia así, cuando a un lado se encuentran los manifestantes y al otro los tanques, no es posible tomar partido a favor de los tanques.

Se había levantado del sillón y caminaba por el estudio.

—Bueno, ¿y qué más? —preguntó ella pasados unos instantes de silencio—. ¿Qué has hecho durante toda la tarde?

Un fulgor tímido tornó más apacible la expresión de sus ojos.

—He estado escribiendo unos versos.

—¿Versos? —se extrañó ella—. ¿De verdad?

Escribía muy raramente poesía. A lo largo de toda su vida solo había publicado una docena de poemas, la mayor parte de ellos escritos a temprana edad.

—No son más que cuatro versos —añadió él—. No sé si podré completarlos algún día.

—¿Quieres leérmelos?

—Cómo no. Con mayor motivo teniendo en cuenta que alguien habrá de guardarlos en la memoria, tengo que quemar la hoja.

—Ah, son versos sobre...

No encontró la palabra adecuada. ¿Cómo se denominaría en el futuro este tiempo en que vivían y que aún carecía de nombre? ¿La época del terror? ¿Los tiempos de la revuelta? ¿El año de la República? *La Diferenciada...*

—Sí —dijo él y, alzando un papel que descansaba sobre la mesa de trabajo, comenzó a leer:

> *Os alzasteis, nobles gigantes de esta tierra,*
> *repleto el corazón de lealtad y gallardía.*
> *República reclamabais vosotros,*
> *y aplastaros mandó la Monarquía.*

—No me gusta la palabra lealtad, pero no he encontrado nada mejor con qué sustituirla.

—No importa, no importa —le interrumpió ella impaciente—. Léemelo otra vez, ¿quieres?

Cuando él alzó los ojos de la hoja, ella movía la cabeza como si pretendiera sacudirse el dolor que crispaba su rostro.

—Es insoportable —dijo—. Insoportable —repitió, y sus hombros comenzaron a estremecerse con un acceso de llanto.

Tardó un largo rato en sosegarse.

—¿Tomamos otro café? —propuso él.

El tintineo de las tazas y el aroma del café poseían algún don tranquilizador. Ella le contó algo que había olvidado durante su primer relato: la expulsión del confidente borracho, e intentaron reír durante unos momentos. Mas la idea de que aquella alegría acabara resultando prematura la hirió de pronto como si de la punta de un cuchillo se tratase.

—Tampoco ellos lo tienen fácil —advirtió él—. No lo tienen nada fácil.

—Han puesto en acción toda la maquinaria —añadió ella—. Ignoraba que en Yugoslavia existiera tal número de organismos de partido, de poder, de Estado, montones de presidencias, secretariados, comités con la etiqueta comunista o socialista, toda suerte de asambleas regionales, interregionales, federales..., Dios mío, es para perder la razón. Me gustaría saber si alguien se toma en serio todo eso.

—¿Cómo? ¿Cómo? —la increpó él—. Por favor, repite lo que has dicho.

—Decía que me gustaría saber si alguien se toma en serio todo eso.

—Eso es exactamente —dijo él—. Qué frase tan exacta, Teuta. Ahí está la clave, el enigma... no sé como llamarlo, la fórmula que lo explica todo... ¿Puede alguien tomar en serio todo esto? Ahí radica precisamente el secreto de Kosova en el momento presente. Es como esa escena de *Alicia en el país de las maravillas* donde la niña les dice a los funcionarios que pretenden condenarla: «Ustedes no son más que naipes». ¿Recuerdas el pasaje? Pues eso mismo sucede hoy con Kosova. Una *Alicia en el país de las maravillas* y unos cuantos naipes que sueñan con cortarle la cabeza.

—Sí, pero estos naipes tienen tanques y prisiones —añadió ella.

—Lo sé, pero eso poca cosa puede cambiar.

—Las detenciones continúan.

—Es una insensatez —siguió él—. ¿A cuántos más van a detener?

—Se dice que van a sustituir a todos los directivos de la región. Por todas partes asoman la nariz los jóvenes lobos, ansiosos de hacer carrera.

—Es natural. Habrá falsos profetas y nuevos Judas que se vendan por treinta monedas. Habrá crucificados y crucificadores. Pilatos que se lavarán las manos, Faustos vendedores de sus almas y Mefistófeles que las compren. Habrá encadenadores y Prometeos. En pocos meses Kosova habrá vivido en forma condensada todo el drama de la humanidad.

En el silencio que siguió a sus palabras, ella intentó ahogar un suspiro sin conseguirlo.

—La gente de Kosova es fuerte —añadió él, como si adivinara una nueva objeción de su esposa—, lo afrontará.

Mientras hablaba, le pareció que ella se contemplaba las manos. Por aquellos dedos había chorreado la sangre de Kosova. Ni el agua de todos los mares *podría lavar aquella sangre.* Su mujer, sentada en el sofá con expresión pensativa, era la viva imagen de una anti-lady Macbeth.

—Ninguno de nosotros será el mismo cuando esto acabe —dijo en voz baja—. Esta tarde vino a verme un escritor joven; quería recoger un manuscrito que me había dado a leer antes de que se desataran los acontecimientos. Era un libro un tanto original, puede decirse que atractivo, aunque inútil. *La cabellera del mundo,* se titulaba. Contenía toda suerte de detalles y reflexiones sobre el cabello de los seres humanos a lo largo de los siglos, hechos curiosos, precisiones médicas, filosóficas, consideraciones sobre la moda. Los distintos modos de peinarse de unos pueblos y otros, la significación que les adjudicaban, las leyendas relacionadas con el vigor del cabello, el tema del encanecimiento en la literatura, los desvelos a propósito de la calvicie, la *capilofilia* y la *capilofobia,* el racismo y el cabello, los modos de cortarlo, el uso de la peluca entre la aristocracia, hasta las cosas más inimaginables aparecían en el libro. Se hablaba incluso de los anuncios de champúes y de los beneficios de las grandes multinacionales de la cosmética. Todo eso lo convertía en una obra que se podía hojear no sin curiosidad; sin embargo, hoy su autor enrojeció hasta las orejas cuando le informé de que lo había leído. Preferiría que no lo hubiera hecho, me respondió. Me siento avergonzado de haberlo escrito. Y añadió enseguida: el único interés que puede despertar ese tema ahora es el relativo a los cráneos rapados de los presos en las cárceles de Kosova. Pero mi libro no dice una palabra sobre ello. Eso es lo que me dijo.

—Tienes razón —asintió ella—. Todos vamos a cambiar con esta prueba.

En el silencio que se originó a continuación, solo el tic-tac del reloj intervenía, pero parecía hacerlo con timidez.

«República reclamabais vosotros, aplastaros mandó la Monarquía», recordó ella para sí.

—Has tenido un día agotador —rompió la pausa él—. ¿No quieres descansar?

—Voy a quedarme un poco más. Oh... ¿Pero dónde tenemos la cabeza? —exclamó al poco—. Tenemos que cenar. ¿Hay algo en el frigorífico?

—Creo que sí. Pero tú estás cansada, deja que me ocupe yo de prepararlo.

Ella esbozó una sonrisa zumbona.

—Si el libro ese de que me hablabas hubiera tratado sobre los usos culinarios, tal vez...

Su esposo dejó escapar una carcajada.

Ella se levantó y él la siguió en dirección a la cocina. El rumor familiar de los platos y las cacerolas poseía efectos tranquilizantes y benéficos a los oídos de Martin. Mientras ella batía los huevos para la tortilla, continuaban hablando de la asamblea del día siguiente en la Academia, especulaban sobre los hipotéticos motivos del cambio de actitud de Kostic, relacionándolos con la rivalidad entre los dos bandos más poderosos, el serbio por un lado y el croata-esloveno por el otro. Sin lugar a dudas, algo estaba sucediendo más allá de las fronteras de Kosova. Los federalistas no podían permanecer de brazos cruzados ante el furor de los serbios. Las últimas declaraciones de Bakaric y de Dollanc... Indudablemente, algo bullía en el meollo del poder.

—El meollo de todo está ahora aquí —sentenció él de pronto, señalando con la mano al exterior de la ventana, donde ya no se veía más que la noche negra—. Se dice que un tercio del ejército yugoslavo está desplegado en Kosova.

Después de la cena, cuando ella, tras lavar los platos, regresó al estudio, encontró a su marido cambiando de posición la antena del televisor, en un intento de eludir la interferencia con que, desde hacía algún tiempo, obstruían las emisiones de Tirana.

Acababa de comenzar el último boletín de noticias, pero la interferencia era tan fuerte que no aparecía una sola imagen en la pantalla.

—Déjalo ahí —dijo ella—, creo que están hablando de nosotros.

—Pero no se ve nada.

—Por lo menos se oye. Déjalo donde está.

—Tienes razón. Hablan de nosotros.

El locutor daba cuenta del eco de los acontecimientos de Kosova en la prensa internacional.

—Qué maravilla —exclamó ella—. Qué maravilla, Martin.

—Lástima no haberlo puesto antes.

Mientras escuchaba, Martin recordó de pronto algo que le había sucedido aquella tarde. En cuanto acabaran las noticias se lo contaría a Teuta. Mark Rugova, su principal oponente en las discusiones que sostenía con sus amigos, se había presentado inopinadamente de visita. Tenía el rostro desencajado y, al igual que sus ojos, sus cabellos parecían haber adquirido un brillo metálico.

—¿Has visto lo que nos han hecho? —gritó sin haber acabado de entrar—. Hemos bautizado con sangre la palabra «República». ¿Qué país en nuestro siglo ha producido tantos millares de Brutos? Bueno, ¿qué me vas a decir ahora?

Esperó varios segundos a que Martin le replicara, después saltó del sofá donde acababa de sentarse y comenzó a dar vueltas por el despacho.

—¿De qué me vas a hablar ahora, eh? —gritó otra vez—. De la capacidad de contención del hombre civilizado, de que la justicia está al llegar, del Orestes de Esquilo... ¡Basta ya! Si así fuera, ojalá no me cuente jamás entre los seres civilizados; al diablo tu Esquilo y su derecho; yo proclamo mi propio derecho, en nombre de la sangre que se ha derramado y que está demandando una reparación.

Martin quiso interrumpirlo, pero el otro extrajo del bolsillo una hoja de papel y la agitó delante de su cara.

—Escucha lo que me escribe uno de nuestros colegas serbios: «Siento vergüenza, vergüenza, vergüenza por lo que ha sucedido, y comparto esa vergüenza con toda la verdadera cultura serbia, en nombre de la cual me arrodillo a tus pies e imploro perdón al colega, al hermano, al hombre que hay en ti». Ahí tienes lo que me escribe. Pero no es eso lo que yo quiero. Ningún perdón volverá a poner en pie los cadáveres. ¿O es posible que tú creas todavía en esas sandeces?

Martin vaciló un instante, ¿sería o no procedente ponerse a discutir en un día como aquel?; sin embargo el otro, olvidando de inmediato su pregunta, continuó:

—¡Y aún tienen el descaro de echarnos la culpa a nosotros! Dios Todopoderoso, ¿hasta dónde serán capaces de llegar? Solo falta ya que acusen a las víctimas de ser causantes del cansancio de los verdugos, a los masacrados de hacer gastar demasiadas balas a los matarifes, a los jóvenes aplastados por los tanques de desviar la trayectoria de las orugas... ¿Escuchas lo que te digo? Sinceramente, Martin,

¿podrías contestarme? Me gustaría mucho saber qué piensas: ¿todavía crees en esas sandeces sobre la justicia esquilea y el repudio de la revancha...?

—Creo, sí —le interrumpió Martin.

Eso fue lo que le dijo, sin siquiera vacilar, pero cuando Mark, después de murmurar «pobre iluso», salió dando un portazo, la resolución lo abandonó al instante. Permaneció inmóvil un largo rato, incapaz del menor gesto, repitiéndose si no sería el otro quien, a fin de cuentas, tenía razón.

Ni una sola vez se apartó de su mente el encuentro con Mark Rugova mientras escuchaba el noticiario. No, Mark, se dijo dos o tres veces, no tienes razón.

Las bandas negruzcas de la interferencia se hinchaban y se encrespaban en la pantalla como si estuvieran vivas, pero las noticias sobre Kosova habían acabado y ellos ya habían dejado de mirar el televisor. Una sensación de euforia les invadía a ambos. Aquella esperanza de apaciguamiento en la que ellos habían creído no era injustificada: ni la repentina cordialidad de Kostic ni los rumores que corrían acerca del enfrentamiento entre los dos clanes rivales se debían a la mera casualidad. Aunque fuera con retraso, la opinión mundial parecía estar ejerciendo cierta influencia. Los serbios se sentían acorralados y los federalistas pasaban por fin a la ofensiva. Se decía que algo se agitaba también en Voivodina, sin mencionar los mítines y las manifestaciones que tenían lugar por toda Europa. No, no era casual aquel viraje de Kostic; en todas partes podían apreciarse signos de cambio. Forzosamente tenía que llegar, aquella locura no podía continuar mucho tiempo.

Martin había sacado del mueble la botella de coñac y llenado a medias una copa.

—¿Quieres tú también?

—Un poco. Solo unas gotas.

—Salud —dijo él—. ¡Por la República!

«República reclamábamos...»

—Salud, Martin.

—¿No tienes ganas de irte a dormir? Sería bueno que descansaras.

—No tengo ningún sueño. Y además, quiero escuchar las últimas noticias.

Él apretó el botón del canal de Belgrado y miró el reloj.

—Qué día tan agotador —suspiró ella.

Se sentía sosegada ahora, casi feliz.

La familiar sintonía del informativo de Belgrado la sacó de la semiensoñación en que ya estaba sumida. Como de costumbre, las primeras informaciones se referían a un primer ministro africano que se encontraba de visita en Yugoslavia. Declaraciones en pro del no alineamiento del Tercer Mundo, la aburrida rutina de siempre. Le siguieron las noticias sobre Polonia, después un asunto económico. Ni una palabra sobre Kosova, se dijo ella y se puso en pie, le dio las buenas noches a su marido y salió del estudio.

¿Qué la empujó a regresar unos segundos más tarde? ¿Sentiría tal vez a sus espaldas el brusco movimiento de la cabeza de él en dirección a la puerta que ella acababa de cerrar tras de sí? En realidad él no volvió la cabeza con intención de avisarla, sino, muy al contrario, para cerciorarse de que había abandonado la habitación. Incluso tuvo tiempo de decirse antes de que ella volviera: «Más vale que se haya ido sin llegar a oírlo». Es verdad que aún no sabía lo que iba a contener el reportaje que la presentadora anunciaba a continuación, pero lo lógico habría sido que, nada más escuchar el nombre del hospital donde ella trabajaba, la hubiera avisado: vuelve, Teuta, van a hablar de vuestra asamblea de hoy. Pero no lo había hecho, e incluso se había dicho deliberadamente: más vale que se haya ido. Ni aquella noche ni más tarde conseguiría explicarse el origen de aquel mal presentimiento que le impidió llamarla.

Algo intrigada por su expresión, ella le observaba desde el umbral de la puerta como diciéndole: ¿qué tramas ahí solo en cuanto te doy la espalda, una confabulación con el televisor o qué? Tan intensa fue su impresión de haber sido atrapado in fraganti que a punto estuvo de abalanzarse sobre el aparato y apagarlo. Pero, naturalmente, no podía hacerlo, y todavía menos podía decirle que se marchara, como se hace con los niños cuando no se quiere que vean determinado programa. Ya era demasiado tarde. No le quedaba ningún recurso.

Demasiado tarde, en verdad. Su mujer había apartado entretanto los ojos de él y prestaba atención a las imágenes como petrificada. Ya no era cuestión de simples presentimientos: de la pantalla brotaba ahora algo realmente perverso. Como una exhalación, la cara de maldad del corresponsal de Tanjug y el último fogonazo del flash, semejante al disparo de un arma, acudieron al cerebro de ella. El reportaje aludía a la asamblea de diferenciación de aquel mismo día, que el corresponsal calificaba de censurablemente liberal: «Ninguna de las preguntas planteadas en la asamblea de este colectivo, que toda la opinión pública yugoslava se repite asimismo, recibieron respuesta», decía la locutora. «Por el contrario, a lo largo de las sesiones pudo observarse una clara tendencia a escamotear los problemas. Pero no va a resultar fácil zanjarlos así. Los interrogantes que inquietan a la opinión pública continúan abiertos: ¿quién solicitó las ambulancias de este hospital a las tres de la tarde, justo en el momento culminante de las manifestaciones, y cómo logró el responsable de ellas que fueran puestas a su disposición? ¿Por qué no se ha hallado aún el libro de registro de los ingresados el día primero de abril? Y, finalmente, ¿quién ordenó la instalación de cierto número de camas suplementarias la víspera de los acontecimientos, lo que supone la existencia de un plan preconcebido y no, como se venía afirmando de forma engañosa en las asambleas anteriores, que se trataba de una decisión improvisada el mismo día 1 de abril, tras comprobarse que había necesidad inmediata de ellas? Estas y otras preguntas semejantes reclaman respuestas claras y no las evasivas y falsas coartadas con que se conformaron esta tarde en el hospital de Pristina... Continuamos con otras noticias nacionales.»

Solo ahora volvieron a encontrarse sus ojos.

—Hienas —murmuró ella entre dientes—. Nunca habría imaginado que pudiera existir una agencia de hienas como Tanjug.

El rostro de él aparecía aún más demudado que el suyo. De modo que su regocijo había sido realmente precipitado, el cambio de Kostic, sus especulaciones sobre lo que podía haber sucedido durante la pausa del almuerzo, el supuesto viraje que habían creído percibir, la contraofensiva de los federalistas; todo no había sido más que una artimaña.

—Tienes razón, son hienas —convino él—. Hienas policía que se dedican a espiar al mundo... Es verdaderamente horroroso.

—No era capaz de creer que hasta ese extremo... —murmuró ella—. La agencia Tanjug...

—¡No son más que putas chivatas! —masculló su marido apagando el televisor.

Ella alzó los ojos. Era la primera vez que oía semejantes palabras de labios de su marido.

—De modo que en vano nosotros...

—Oh, no —le interrumpió él—. No es lo que tú piensas, Teuta. Yo continúo pensando lo mismo que decíamos hace un rato. Debes tener en cuenta que en Tanjug, lo mismo que en el Ministerio del Interior y en un sector del Ejército, los partidarios del chovinismo gran serbio continúan detentando la supremacía.

—Eso es lo que se comenta —dijo ella, dejando escapar un profundo suspiro.

—No le des más vueltas —prosiguió él—. Una agencia que llega a tales extremos de lo grotesco... Pero fíjate. Hace un momento les has adjudicado el nombre que se merecen: hienas —hizo un esfuerzo por sonreír—. Es tarde ya, Teuta, vamos a dormir.

Ella se disponía a seguirle hacia el dormitorio, pero algo la obligó a detenerse. Acababa de acordarse del decreto emitido hacía tres días que prohibía mantener las puertas cerradas con llave durante la noche.

—La puerta —susurró—, ¿has abierto la puerta?

—Ah, lo olvidaba —dijo él—. Dios mío, en todo el mundo, antes de irse a la cama, la gente pregunta: ¿has cerrado la puerta?; pero aquí sucede todo lo contrario, nos preguntamos si la hemos dejado abierta.

—¿De qué período de la Edad Media habrán sacado esta infamia? —se preguntó ella—. De los tiempos oscuros, seguro.

—Jamás me he topado en ninguna parte con un decreto policial semejante. Ni durante los estados de sitio de la ocupación nazi.

—Tal vez sea la primera vez que se implanta en el mundo.

—Es perfectamente posible.

—Espera —le detuvo ella cuando ya se dirigía hacia la puerta—. ¿Y los versos? Si vas a dejar la puerta abierta, deberías quemarlos antes.

—Es verdad —reconoció él y se acercó al escritorio—. Voy a leerlos otra vez para no olvidarlos.

—No te preocupes, ya me acuerdo yo. Mientras hablábamos, me han venido varias veces a la memoria sin pretenderlo.

Ella escuchó el rumor de sus pasos hasta el extremo del pasillo, después el ruido de la llave en la cerradura. Qué horror, pensó, y se estremeció de repulsión y de frío, pues la habitación se había quedado ya helada.

Había oído decir que mucha gente, pese a la orden de la policía, no era capaz de conciliar el sueño con la puerta abierta, de modo que, o se arriesgaban a sufrir las consecuencias y la dejaban cerrada, o se pasaban las noches en blanco después de abrirla. Ellos mismos, algunas noches, se veían obligados a tomarse un valium. Hoy también tendré que tomarme uno, se dijo ella en el momento en que Martin se disponía a acostarse. Metió la mano en el bolso en busca del tubo de las píldoras y la sorpresa la paralizó de pronto. Sus dedos habían tropezado con algo liso, helado. La cinta, pensó con horror. ¿Cómo era posible que la hubiera olvidado por completo?

—Buenas noches —le dijo Martin metiéndose en la cama.

—Buenas noches —respondió ella y apagó la luz de la lamparilla.

8. Noche de puertas abiertas

Buenas noches, repitió para sí, ahora en la oscuridad. Aún mantenía la mano dentro del bolso. ¿Cómo iba a ser buena una noche así? El estuche de plástico le helaba los dedos. Por si no bastara con las puertas abiertas, tenía que aparecer aquella cinta para acabar de amargarle la noche. Un cartucho de dinamita no habría sido más aterrador.

La presa de sus dedos se distendió poco a poco y ella sacó la mano. ¿Qué podía hacer? ¿Levantarse sin hacer ruido llevándose la cinta y esconderla en cualquier parte o...? Esconderla sí, pero ¿dónde? En cualquier rincón de la casa en que la ocultara representaba idéntico peligro. No quedaba más remedio que... No, se dijo secamente. Jamás haría una cosa así. Destruir la cinta constituiría un acto de cobardía. Aquel hombre se la había entregado a riesgo de su propia seguridad, a saber qué rosario de peligros había recorrido aquella cinta antes de llegar hasta ella, para que ahora la destruyera. De ningún modo, pensó. En sucesión caótica pasaron por su mente las tablas del entarimado, el jardín, el garaje, la tapicería del sofá, todos los lugares propicios para un escondrijo. No resultaría difícil, tratándose de un objeto de tan reducidas dimensiones.

¿Y si todos estos temores fueran infundados?, pensó. El inicio de una irritación ciega contra el doctor Rexha pugnaba por apoderarse de ella. Imbécil, repitió varias veces. Estos estúpidos no sirven más que para envenenarte la sangre. Pese a todo, la cólera no acababa de hacer presa en ella. Sabía que estaba siendo injusta con el doctor, pues todavía ignoraba lo que contenía la cinta. Le estaba acusando antes de haberla escuchado. A no ser que...

Pero eso sería una bajeza por mi parte, se reprochó enseguida. Cómo puedo... (las palabras juzgar, acusar, atemorizar, se mezclaron hasta producir una pasta extralingüística). Debía escucharla antes de poder... juzgar (etcétera) acerca de él. Es más, era su deber hacerlo. Lo contrario significaría lo mismo que negarse a responder a la llamada de alguien. Aquello podía ser precisamente la petición de socorro de un desesperado.

Al otro lado de la cama, Martin giró sobre sí mismo una vez más. Mejor sería no inquietarlo. A fin de cuentas, aún no tenía ninguna certeza de nada. Tal vez fuera un asunto grave, como ella imaginaba, pero también podía tratarse de algo sin importancia.

A estas alturas no habría sabido decir qué prefería, si una cinta peligrosa pero seria en su contenido, o una inofensiva pero que contuviera algo ridículo. Comoquiera que sea, me inclino por la primera posibilidad, se dijo poco después. A pesar de los riesgos, a pesar de todo...

Ya estaba resuelta a escuchar la cinta. Esperó unos instantes más hasta convencerse de que su marido dormía profundamente y se levantó. Era perfecta dueña de sí misma. Cerró con cautela la puerta a su espalda y permaneció inmóvil en mitad del salón, incapaz de decidir cuál era el lugar más adecuado de la casa para su propósito. Un rincón que se encontrara lo más alejado posible del dormitorio, desde luego, pero al mismo tiempo a suficiente distancia de la puerta de entrada. En caso de una irrupción repentina de la policía debía tener tiempo de... ¡Ah, este espanto de las puertas abiertas, qué ignominia!

Más de un minuto después se hallaba en el mismo lugar del salón. Temblaba de frío. Debía moverse, hacer algo. Antes que nada, encontrar el magnetofón.

Por fin consiguió sobreponerse a su aturdimiento. Recordó que el pequeño radiocasete estaba en el estudio de Martin. Iría primero a por él, ya pensaría después en el lugar más adecuado para instalarse. La idea del cuarto de baño se le había ocurrido varias veces, debido a la posibilidad que tenía de cerrar la puerta, pero la había descartado de inmediato. Le parecía que, allí encerrada, estaría sometiéndose a otra voluntad y no a la suya propia.

No tardó en encontrar el aparato. Apagó la luz y de nuevo permaneció inmóvil en la oscuridad, sin saber adónde ir. La habitación de Rozafa, decidió. Precavidamente, cuidando de no tropezar, atravesó el pasillo y abrió la puerta. Desde que su hija se fuera a Zagreb para continuar sus estudios, entraban raramente en aquella habitación. Sintió un leve estremecimiento ante el vacío del cuarto. Los radiadores apenas calentaban en los últimos tiempos. Se acercó a la ventana. No se veía un alma en la calle. Es imposible que irrumpan con tanta rapidez, pensó. A no ser que vengan tropas especiales, de las que intervienen para liberar rehenes.

Sus dedos accionaron a tientas todas las teclas del magnetofón, hasta que por fin logró introducir la cinta. No quería encender la luz bajo ninguna circunstancia. Por el ruido de la cinta al girar supo que había apretado la tecla de audición. El corazón le latía con fuerza. Es preciso hacerlo, se dijo dos o tres veces, como si replicara a una voz confusa, procedente del fondo de sí misma, que la impulsaba a desistir. Y si... Inesperadamente el vacío de la cinta se llenó de algo. ¿Qué será? No podía llamarlo ruido ni voz. Era una... nada. De lo que sí estaba segura era de que el aparato estaba funcionando. Acercó la cara al altavoz. Una suerte de música, muy apagada, tan solo unos ecos extraviados, oh, Dios, como procedentes de otro mundo, se distinguían apenas. ¿Qué sería aquel susurro? Voces del más allá, briznas de sueños, si es que podía soñarse una música así... Tonterías, pensó. No es más que una cinta en la que han quedado algunos rastros dispersos de una grabación anterior. ¿Pero por qué le habría dado una cinta vacía? Es la ocurrencia de un chiflado, sin duda, a no ser... De todos modos, no debía precipitarse, podía haber algo en la otra cara. Escuchó un rato más aquella nada, salpicada de una música casi imperceptible que parecía proceder de las profundidades de la tierra, y se disponía ya a dar la vuelta a la cinta cuando una especie de soplo intenso surgió del altavoz, semejante a una respiración o a un lamento cavernoso, o ambas cosas a la vez... «Disparan por la espalda...», se escuchó una voz ahogada como pulverizada por la masa porosa de aquel hálito... «¡Atención, disparan desde las ventanas! ¡Ah... el diablo los lleve!» Las palabras salían del mismo pecho que emitía el lamento... «Se nos viene encima todo el cuerpo de Nis... Cuidado, disparan desde las ventanas... Con tal de que no aparezcan los tanques...»

Se encontraba con todo su cuerpo encorvado sobre el magnetofón, en idéntica postura a la que, decenas de veces, debía adoptar en el hospital cuando tenía que asistir a la agonía de algún enfermo. Y tan absorta estaba en ese instante en la escucha de aquellos quejidos que a punto estuvieron sus manos de tenderse por sí solas en la oscuridad, tratando de alcanzar al herido en trance de morir. Tomarle el pulso, palpar su frente ardiente. Pero al instante se dio cuenta de que lo único que había allí eran los botones de un magnetofón, de que el herido estaba muy lejos de ella, flotando en el éter, hubiera dicho. Aquello era solo su delirio, grabado Dios sabe en qué circunstancias, que el doctor Rexha, debido a recónditas razones, había querido que ella escuchara.

«Disparan por detrás... Basta... República por las buenas o por las malas... Eso es, sí, eso es...» La voz acababa extinguiéndose a veces en un puro estertor, luego volvían a distinguirse las palabras, el gemido retrocedía poco a poco, para envolverlo todo una vez más, como una inundación.

A cada instante experimentaba el padecimiento de verse reducida a la inmovilidad, cuando sus manos habrían debido moverse con rapidez, manipular las jeringuillas, la penicilina, la morfina, a fin de aplacar el padecimiento de aquel ser gimiente.

En realidad no había oído nada parecido a lo largo de todo aquel día. En su mayor parte, los heridos estaban sin conocimiento, y ninguno de ellos había delirado. Tal vez precisamente por eso le había dado la cinta el doctor Rexha, para poner sonido al recuerdo mudo de aquella jornada, del mismo modo que se monta una película.

La cinta se detuvo de pronto y el silencio que siguió a aquel lamento le pareció tan hondo que hubiera creído muerta a media humanidad. Pero ella sabía de sobra que no iba a separarse con tanta facilidad de aquella grabación. Y así sucedió. Volvió a poner la cinta y, cuantas veces la escuchaba, acudían confusamente a su memoria las caras de los heridos que habían pasado por sus manos el día primero de abril.

Al volver al dormitorio, aunque se esforzó por no hacer ruido, su marido se despertó.

—¿Qué pasa? ¿Dónde estabas?

—No es nada —respondió ella, pero en ese mismo instante decidió que no tenía derecho a ocultárselo—. Ven, quiero enseñarte algo.

Sin preguntar nada más, Martin se levantó y siguió a su mujer hasta la habitación de la hija. En cuanto escuchó las primeras palabras del herido murmuró como si hablara en sueños:

—Parece la voz de Shpend Brezftoht.

—¿Tú crees?

Escucharon varias veces la grabación y cada una de ellas Martin creyó reconocer a su alumno en la voz del herido.

Amanecía. Un gris fúnebre aplastaba desde el exterior los cristales de la ventana.

—Ya clarea —dijo él—. Al fin podemos cerrar la puerta.

Ella se dirigió hacia la entrada y echó el pestillo; al regresar encontró a su marido en el estudio con la cinta entre las manos.

—Puedes camuflarla entre los libros —dijo señalando la librería con la cabeza.

Él hizo tal como ella decía, después se volvió y miró su rostro desencajado a causa de la noche en vela.

—Deberías dormir al menos una hora —dijo con voz tierna—. Puede que tengas un día difícil por delante también hoy.

Ella volvió la cabeza hacia el ventanal, como queriendo averiguar qué le depararía la jornada que comenzaba. La misma luminosidad helada y gris continuaba oprimiendo los cristales. Una jornada de diferenciación, pensó. ¿Qué otra cosa podía esperarse?

9. Día

Fue uno de los raros días en que llegaba tarde a la clínica.
Sentía la cabeza pesada como el plomo después de la noche
en blanco. Mientras recorría los largos pasillos en dirección
a su despacho, experimentó sin embargo una oleada de satisfacción al descubrir la expresión de alivio que iluminaba
los rostros de las personas con las que se cruzaba. ¿Por qué
llegas tan tarde?, parecían decir sus miradas. Deberías haber imaginado lo que podíamos estar pensando en un día
como este... ¡Si ellos supieran la noche que había pasado!

Nada más entrar en su despacho, después de quitarse el
abrigo, se sentó a su mesa y permaneció unos instantes inmóvil, abstraída, con los ojos clavados en el calendario.
Miércoles, 15 de abril. Sale el sol a las 5:02 h y se oculta a
las 18:20 h.

Aquí estamos, se dijo sumida en una suerte de torpeza.
Aún tenía las ideas confusas, envueltos sus confines en la
bruma. Pensaba en los días que el universo había creado de

acuerdo con una rigurosa regularidad, con tantas horas, minutos y segundos como debían corresponder a cada uno. Constituían una magistral creación engarzada con la inmensidad del mecanismo cósmico, libres y llenos de luz, para ser catastróficamente degradados después por los seres humanos, los habitantes de este planeta llamado Tierra.

Se sorprendió a sí misma con este desacostumbrado vuelo de su fantasía. Pero no apartó los ojos del calendario, como si pretendiera prolongar la ensoñación de forma deliberada. Los días estaban en efecto desnaturalizados, como todo lo demás últimamente. Y si antaño se distinguía entre días fríos y días cálidos, nublados o despejados, ahora se imponía un criterio diferente: los días de diferenciación y el resto, los simples días. Las estaciones, el aire, los pájaros, la lluvia, las hojas caídas quedaban excluidos de los primeros. Lo mismo había sucedido con las noches, tan corrompidas como los días, si no más. Noches, noches de primavera, noches de otoño, noches estrelladas... No, nada de eso existía ya. Había noches de puertas abiertas tras las que uno amanecía con la cabeza como el plomo, como era su caso aquella mañana, nada más. Qué monstruosidad, se dijo.

Se levantó por fin y recogió la bata blanca que colgaba de una percha. Su plan de la jornada contenía dos operaciones, una sesión de consultas, además de la breve reunión de trabajo habitual, a mediodía.

¿Qué depararía aquel nuevo día? La pregunta volvió a formularse en su cerebro mientras salía del despacho para dirigirse a la sala de médicos. No apreció signos de inquietud al recorrer los pasillos. Idéntico sosiego creyó encontrar en los ojos de la enfermera jefe. ¿Habrían escuchado los miembros de su equipo las noticias de la noche pasada? Los semblantes de su asistente serbio y de la anestesista tampoco permitían sacar nada en claro. Solo durante la operación creyó percibir el encono de una mirada, reflejado en el brillo sesgado del bisturí. Esperó con impaciencia la hora del café, durante la pausa entre dos operaciones, para intentar sondear el ambiente. Por fortuna, había bastante gente en la cafetería, de modo que podía hablarse en voz baja sin llamar la atención.

¿Escuchasteis anoche las últimas noticias? Qué vergonzoso... De verdad, no daba crédito a mis oídos. Aunque ya deberíamos estar acostumbrados a ciertas cosas, a estas alturas.

Hablaban muy cerca unos de otros, ella, la enfermera jefe y un colega cardiólogo, y cada uno mantenía la taza a la altura de los labios de modo que no pudieran apreciarse sus movimientos... No comprendo cómo no se indignan las agencias internacionales. Deberían romper las relaciones con ellos. Cortarles los teletipos... Ya, eso es fácil decirlo. ¿Tú crees que las agencias de noticias se preocupan tanto por lo que sucede en cada rincón del mundo? Están acostumbradas a los desastres... Yo no creo, sin embargo, que las historias de Tanjug puedan contribuir a agravar las cosas. Esa herida tiene que cerrar cuanto antes y no se debería andar hurgando en ella todavía más. Además, he oído decir que preparan algo para pedirnos excusas. A fin de cuentas, es el propio interés de Yugoslavia el que reclama que la herida cicatrice. Ya puede aullar cuanto quiera Tanjug, los ánimos acabarán por calmarse. ¿No visteis ayer a Kostic abalanzarse sobre nosotros como un halcón para acabar después como una gallina mojada? Así continuarán las cosas durante algún tiempo: tensión, apaciguamiento, tensión, apaciguamiento, hasta que todo retorne a su cauce... Tienes razón. Que gruñan cuanto quieran esas alimañas de Tanjug, nadie les va a escuchar. Pero, ¿cómo es exactamente eso de las excusas de que hablabas? Ah, sí, es cierto, se dice que va a haber una petición de excusas en toda regla, aunque yo no acabo de creérmelo. La verdad, resulta un tanto insólito un acontecimiento semejante... en las actuales circunstancias.

Continuaron especulando acerca del asunto mientras se dirigían al quirófano. Según se rumoreaba, la totalidad de la nación serbia se disponía a pedir perdón a los albaneses por la matanza perpetrada con ellos... Mujeres, niños, ancianos, se decía, desfilarían en una inmensa procesión portando viejos iconos eslavos, cirios y retratos de Tito... Eso es lo que se decía, sin embargo probablemente no fuera más que el fruto de una mente fantasiosa, un poco enfermiza incluso...

Entraron en el quirófano con una verdadera sensación de alivio. El asistente y la anestesista se encontraban en sus puestos, también ellos con los rostros serenos. Unos y otros estaban hartos de aquel estado de guerra permanente y ansiaban una tregua. Hasta el paciente que iba a ser operado, como elegido a propósito, no era ni albanés ni serbio, sino gitano. Solo hubiera faltado una música apropiada o el recitado de un poema sobre la unión-hermanamiento como fondo para componer el cuadro ideal.

El gitano sonreía con cierta aprensión mientras le acomodaban en la mesa de operaciones.

—Ahora vas a contar hasta diez.

Las cifras salieron una tras otra de sus labios, torpemente pronunciadas y cada vez más espaciadas, como si quisieran escapar cuanto antes del cuerpo ya inconsciente del enfermo.

La intervención acabó resultando más larga de lo previsto. Para sorpresa de todos, eran cerca de las dos cuando sacaron al gitano de la sala. Debían almorzar antes de pasar consulta.

Mientras caminaba en grupo con el resto de su equipo hacia el comedor, Teuta pensaba que, pese a todo, era posible continuar trabajando así; sin odio, los días podían sucederse fácilmente y, a fin de cuentas, bastaría con que transcurrieran cien días como aquel, o mil, si era necesario, para que la herida cicatrizara poco a poco, quedara cubierta de piel nueva, con la suficiente resistencia como para no abrirse al más leve arañazo. Le hubiera gustado detenerse con más calma sobre el asunto aquel de las disculpas, pues aunque era verdad que parecía pura fantasía, puede que, en definitiva, ese fuera el deseo oculto de las dos partes.

—Parece contenta —le dijo en voz baja la enfermera jefe, que caminaba a su lado.

—¿Y por qué no? La operación ha salido bien, ¿no cree?

—Desde luego. Boro dice que hoy ha estado usted espléndida.

—¿Ah, sí?

En realidad no le había pasado desapercibido el destello de admiración en los ojos de su asistente en el momento más delicado de la operación. Oh, no pudo dejar de suspirar para sí, también se podía vivir sin odio. Y de nuevo, contra su deseo, su imaginación desplegó la larga procesión con los viejos iconos eslavos, los cirios encendidos y los retratos de Tito.

Estos eran sus pensamientos cuando entraron en el salón del comedor, pero allí las caras no podían ser más torvas. Eran los mismos semblantes adustos que la gente exhibía durante los peores momentos. Más sombríos incluso.

¿Qué ha pasado?, interrogaban sus ojos asombrados, sin recibir la menor respuesta. Algo grave tenía que haber sucedido, mas por fuerza debía ser un hecho fuera de lo común, pues nadie se sentía capaz de revelar, ni mediante gestos ni por medio de la mirada, a qué género pertenecía. Se trataba de un acontecimiento de tal naturaleza que aún no existía el medio para expresarlo.

—¿Ha sucedido algo? —preguntó por fin, llena de desasosiego, a un médico joven, frente al cual había depositado su bandeja.

El otro la observó unos segundos.

—Mmm, qué le diría yo... Desde luego que ha sucedido algo.

El tenedor que la doctora acababa de empuñar quedó suspendido en el aire. ¿Sería posible que pasara un día sin traer consigo algún estrago? Todo esto es agotador, pensó.

—¿Y de qué se trata? —preguntó con voz ahogada.

—Han lanzado una bomba contra la embajada de Yugoslavia en Tirana.

—¿Una bomba? ¿En Tirana?

El otro asintió con un leve movimiento de los ojos.

No sabía qué hacer con el tenedor. Aquel objeto que sostenía su mano se había tornado de pronto inverosímil. La frase misma que acababa de escuchar de labios del médico apenas conseguía adquirir sentido. Una bomba... la habían tirado... allí.

A cámara lenta, como en un sueño, su imaginación reconstruyó la trayectoria curva de la bomba en dirección al edificio de la embajada... Después, como si escapara a su control, todo se precipitó de pronto a gran velocidad, siguió una explosión y ella comprendió entonces la verdadera dimensión del desastre que había tenido lugar. Una bomba. Alguien era incapaz de soportar que transcurriera un solo día sin su correspondiente dosis de odio y de furor.

—Así es —dijo el médico sin dejar de mirarla.

—¿Pero quién lo ha hecho? —preguntó ella en tono apenas audible.

El otro se encogió de hombros. No se conocían lo suficiente como para llevar más lejos aquella conversación. Ni tampoco hacía falta decir nada más. De sobra era sabido quién atizaba el odio. El comentario de Tanjug la noche anterior, y ahora la bomba... Alguien no podía vivir sin el veneno del odio. Pero, ¿y si... (quiso rechazar el pensamiento, pero ya era tarde), y si en Tirana hubiera igualmente fuerzas oscuras que se deleitaran con ese veneno?... Se resistía a toda costa a creerlo, sin embargo el hecho era que la bomba había sido arrojada allí.

Quiso preguntar si el Gobierno albanés había hecho alguna declaración acerca del incidente, pero en ese mismo instante el médico la saludó y se alejó de la mesa.

—Por lo que se ve, va a volver la mano dura —dijo la enfermera jefe mientras caminaban hacia su pabellón.

—Desde luego. Para eso han tirado la bomba.

A las tres, mientras se preparaban para la consulta, trajeron a un accidentado, de modo que la doctora y todo su equipo volvieron a encerrarse en el quirófano. Era evidente que tanto el asistente como la anestesista conocían la noticia del atentado. Como si la onda expansiva de la bomba hubiese llegado hasta ellos, sus esquirlas habían distorsionado las mejillas, las comisuras de los labios de los miembros del grupo, todos los puntos del rostro por donde estaba obligada a pasar una sonrisa de cordialidad.

Así serán de ahora en adelante nuestros días, pensaba la doctora, mientras tendía la mano para empuñar el bisturí. Estaba tan abstraída pensando en la bomba que por un momento llegó a olvidar que el cuerpo ensangrentado que se hallaba ante ella había sido víctima de un accidente automovilístico y, encorvada sobre las zonas lesionadas, trataba de encontrar en ellas la metralla procedente de la explosión.

Ya avanzada la tarde, extenuada por la dura jornada, atravesaba el umbral de la puerta de la clínica. La luz del vestíbulo era insuficiente, así que debió consultar dos o tres veces su reloj de pulsera y justo entonces, Sanija, una de las auxiliares del pabellón, le dijo:

—Ay, doctora, parece mentira cómo pasa el tiempo. Dios nos está acortando los días.

Durante el trayecto hacia casa, las palabras de la vieja mujer acudieron repetidas veces a su memoria.

10. Noche de expedientes abiertos

A excepción del Gran Hotel, donde únicamente unas pocas ventanas continuaban iluminadas, todos los edificios del centro estaban sumidos en completa oscuridad. Dobrilla dirigió unos momentos la mirada hacia el hotel, después, sin razón aparente, sacudió la cabeza. Sus pasos y los de Vlladan resonaban desoladores sobre la acera del paseo. A ambos lados, en la semioscuridad, se perfilaban las siluetas negras de los capotes de los soldados y, aunque no podían distinguir nada más, los dos sentían que los ojos de los miembros de las patrullas les perseguían durante un trecho, aunque, tal vez debido al ritmo peculiar de sus andares o a la resolución que irradiaba su total ausencia de prisa, nadie los había detenido aún. Para Dobrilla, deambular de este modo, horas después del toque de queda, cuando al resto de los mortales les estaba vedado salir, constituía una satisfacción especial.

—¡Alto! ¡Los permisos de circulación!

La orden cortante les hizo estremecerse a los dos. Pese a todo, una vez repuestos de la sorpresa, encontraron cierta voluptuosidad en someterse al control de la patrulla, a sabiendas de estar en regla con las leyes y con el propio Estado.

El soldado examinó cuidadosamente el documento que se le presentaba, sin dejar de observar a Dobrilla desde el fondo de sus órbitas, para acabar devolviéndoselo. Dobrilla le premió con una sonrisa.

—¿De dónde sois, muchachos?

El soldado no respondió.

—Eslovenos —dijo Dobrilla cuando se hubieron alejado unos pasos—. ¿A qué los traen aquí?

—Han sustituido a una parte de las tropas serbias —informó Vlladan—. Para que luego no digan que...

—Bobadas —le interrumpió Dobrilla—. Lo que hace falta aquí son serbios, hermano, y no estas señoritas que no saben ni cómo sonarse los mocos.

—Qué se le va a hacer. Cosas de la política —replicó Vlladan.

Dobrilla sacó la petaca de *slivovitsa* del bolsillo del abrigo, bebió un trago y se la ofreció a su camarada, pero este la rechazó con un gesto.

—¿Y si nos vamos de aquí? —propuso Vlladan—. Por los barrios residenciales tiene más aliciente.

Tenía razón. Y era poco calificarlo de aliciente. De hecho, solo allí actuaba plenamente el sortilegio. Las puertas de las casas aparecían alineadas, sumergidas en la oscuridad, pesados cuerpos de madera o de hierro con aldabas de bronce, pero... todas ellas con la cerradura abierta o el pestillo sin echar. Bastaba con girar un picaporte para encontrarse dentro. Como mujeres que no llevaran nada bajo las faldas, había dicho Jovic durante la primera de sus rondas nocturnas. Bastaba extender la mano... Y sin embargo, ni aquella ni ninguna otra noche habían osado entrar en parte alguna. Un freno desconocido se lo había impedido siempre en el último momento, a cada nueva tentación. Pese a todo, la sola idea de que podían trasponer cualquiera de aquellas puertas, practicar un control, arrancar a las mujeres de sus lechos, interrumpir sus arrebatos sexuales, impedir tal vez una fecundación, les proporcionaba un goce penetrante, que nunca antes habían experimentado.

—¿Entramos?

Dobrilla pronunció la palabra con voz sorda, estrangulada. Vlladan volvió la cabeza hacia la puerta que se encontraba a su derecha, aunque Dobrilla no había señalado ninguna.

—Tenemos tiempo —respondió—. Ya veremos más tarde.

Todas las noches lo mismo, pensó Dobrilla. ¿Cuando acabaría por atreverse? ¿Y si suspendían el decreto especial antes de que llegaran a gozar plenamente de aquella maravilla? ¡Ah, si estuviera aquí Jovic!

—Pero, ¿dónde se habrá metido ese Jovic? —se preguntó en tono quejoso.

—Seguro que nos lo encontramos.

Los edificios estaban sumidos en la negrura, salvo los aislados rectángulos de luz amarillenta, destacando aquí y allá sobre las fachadas, de las escasas ventanas todavía iluminadas.

—Mira, ahí está la casa de esa zorra de doctora —dijo Dobrilla deteniendo el paso—. Mmm, ayer también, e incluso anteayer hubo luz hasta después de medianoche. La vengo observando desde hace tiempo. Lo que daría yo por saber qué traman hasta tan tarde con la luz encendida. Una vez estuve a punto de subir a ver, pero no sé por qué me contuve. Además, el que me acompañaba era un cagón.

Vlladan tosió durante un rato. La respiración de ambos se había vuelto perceptiblemente pesada.

—¿Qué me dices? —preguntó Dobrilla señalando con la cabeza la ventana iluminada—. Me gustaría enseñarle los dientes a esa hija de perra, aunque solo fuera una vez. Además, puede que descubriéramos algo.

—¿Y qué vas a descubrir ahí? —objetó Vlladan—. Libros, seguro, no creo que haya nada más.

Dobrilla sacó la petaca del bolsillo al tiempo que echaba a andar, seguido por su compañero. Bebieron uno tras del otro, después Dobrilla volvió a detenerse.

—Mira allí —dijo, señalando con la mano un panel colocado a la entrada de un edificio—. Ahí están las oficinas donde los serbios y los montenegrinos acuden a solicitar el traslado de Kosova. ¿Entiendes lo que quiero decir? Ahí es donde se pierde Serbia.

Contemplaba la entrada con ojos desorbitados, como si realmente tuviera ante sí el agujero negro que se tragaba las energías de Serbia.

Vlladan mostró su desesperación mediante un gesto de la mano, después se llevó el frasco a los labios. También Dobrilla echó un trago. La cabeza empezaba a darles vueltas. Se detuvo otra vez para buscar con la mirada la casa de la doctora, pero no consiguió situarla con precisión. Una rabia asfixiante mezclada de angustia le atenazaba la garganta.

—¿Llevas el aparato de radio? —preguntó Vlladan—. Van a dar las últimas noticias. Enciéndelo, a ver qué dicen sobre el asunto de la bomba.

Dobrilla sacó el transistor del bolsillo. Sus dedos desencadenaron durante un rato un verdadero amasijo de emisoras.

—Déjalo ahí —dijo de pronto Vlladan agarrándolo por el codo—. Están hablando justo de ello.

Detuvieron la marcha para poder escuchar con más atención. Estaban refiriéndose, en efecto, al atentado. El gobierno albanés ha declarado que la explosión de una bomba en la terraza de la cocina de su embajada ha sido obra de los mismos yugoslavos, con el solo objetivo de envenenar las relaciones entre los dos países y justificar el régimen de terror impuesto en Kosova. Ya les hemos dado suficientes explicaciones sobre lo sucedido en la cocina de su embajada, replicó en tono marcadamente despectivo el viceministro albanés de Asuntos Exteriores al embajador yugoslavo en Tirana...

—¡Qué lenguaje es ese! —exclamó Dobrilla, quien no podía dar crédito a sus oídos.

—Eso no es Belgrado —objetó Vlladan—. Te has confundido de emisora.

Dobrilla lanzó un grueso juramento.

—Lo sucedido en la cocina de su embajada —repitió Vlladan—. Dios mío, aunque nuestro embajador fuera un gitano, nadie debería atreverse nunca a hablarle así.

—Nos están ultrajando, querido hermano —se indignó Dobrilla a punto de llorar de rabia—. Nos tratan como a un país de gitanos. Pásame el frasco.

—¿Cómo se atreven? —masculló Vlladan.

Reanudaron su ronda desesperados, sin lograr articular palabra, limitándose a refunfuñar. Dobrilla había vuelto a contener el paso para dar un nuevo trago del frasco, cuan-

do oyeron unos pasos apresurados. Por el fondo de la callejuela desierta, en dirección a ellos, avanzaba una sombra.
Pronto la reconocieron, sin lograr dar crédito a lo que
veían.

—¡Jovic!

—¿Dónde os metéis? —preguntó el otro mientras trataba
de recuperar el aliento—. Llevo una hora buscándoos.

—Deja —respondió Dobrilla—, mejor hubiera sido que no
nos encontraras.

—¿Y eso? ¿Qué os ha pasado?

—¿A nosotros? Nada... Pero, ¿no has oído las noticias?
Nos insultan, nos tratan como a gitanos. Toma, echa un
trago.

—¿Qué noticias? ¿Qué gitanos? —preguntaba desconcertado Jovic, a la vez que se apoderaba del frasco.

Los dos intentaron explicarle de qué se trataba, pero él
parecía escucharles con desinterés. Un brillo gozoso reful-
gía en sus ojos.

—Qué sandeces farfulláis de qué radio ni de qué últimas
noticias —les interrumpió—. Para noticias, las que traigo yo
—los otros dos le miraban con la boca abierta y Jovic acercó
todavía más la cabeza. Sus ojos parecían a punto de echar
llamaradas—. Sí, noticias, las que traigo yo —insistió—. ¿Sa-
béis cuáles? Las... fichas de que os hablé el otro día; pues
se van a reabrir esta misma noche.

—¿Qué dices?

—Los expedientes, os digo... Hoy, ahora... Lo sé por un
amigo que tengo allí dentro. Por eso os buscaba.

—¿De verdad que esta misma noche?

—Exacto. Venid conmigo.

—¿Pero, adónde?

—Allí. Mi amigo nos meterá.

—¡Dios Todopoderoso! —se extasió Dobrilla.

—Ahora empezarás: que si me lo creo, que si no me lo creo...

—No, Jovic. Te creo, viejo amigo, te creo a pies juntillas. Todo lo que tú dices resulta ser verdad.

Más que por la rapidez con que caminaban, Dobrilla perdía el resuello debido a un sentimiento parecido al arrobamiento que inundaba todo su ser. Tenía la sensación de que su pecho ya no existía, sino que una masa informe había ocupado su lugar. Sentía deseos de parar, tenderse a los pies de Jovic y suplicarle: patéame, hermano, patéame con tus zapatos llenos de barro; viniendo de ti, estoy dispuesto a soportar cualquier humillación a cambio del regalo que nos acabas de hacer.

Frente al Secretariado de Asuntos Internos les sometieron a un nuevo control. Las plantas inferiores del edificio estaban iluminadas. Jovic les pidió que esperaran en la calle, mientras él se dirigía a algún lugar en el interior.

—Y si no... —murmuró Vlladan al cabo de un rato.

—Calla —le interrumpió Dobrilla—, no seas gafe.

En realidad, en su propia cabeza no se agitaban en ese instante más que pensamientos funestos. Jovic tardaba en volver. Dios mío, imploraba para sí, arrebátame cualquier otra cosa, prívame de todos los placeres que quieras, pero permíteme disfrutar de esta delicia.

Presentía que no sería capaz de soportar tamaña frustración, envejecería en un instante, quedaría reducido a polvo allí mismo. Todo parecía muerto y tal vez el propio Jovic les hubiese olvidado finalmente. Habría abierto alguno de los expedientes y se habría sumergido en su lectura, hechizado como un personaje de los cuentos de *Las mil y una noches*. Pero no, Jovic no podía hacerles semejante faena.

Llegó este por fin cuando ellos no le esperaban ya, y lo que les resultó aún más inesperado: procedente de la calle.

—¿Tú... por aquí? —balbuceó Dobrilla al verle acercarse—. ¿Has salido volando o qué?

—Seguidme —le cortó el otro—. Vamos a entrar por una puerta trasera.

Echaron a andar tras él en silencio y penetraron en un callejón que surgía de la parte trasera del edificio.

—Ya creíamos que nos habías olvidado.

Jovic no respondió. Se había detenido ante una puerta que ellos ni siquiera sabían que existiera y llamaba a ella muy quedamente.

La entrada por aquella portezuela, el descenso de las escaleras, la desembocadura final en un sótano, todo fue para ellos como un viaje de ensueño. Se trataba de una larga sala abovedada, sostenida por numerosas arcadas, bajo las cuales se alineaban estanterías interminables, como las que almacenan los fondos de las bibliotecas. Unas cuantas personas iban y venían al fondo de la galería, pero solo se apreciaba de ellas una silueta difusa. Jovic señaló los estantes con un ademán ampuloso de la mano. Allí descansaban todos, por millares, por decenas de millares, alineados por riguroso orden, como verdaderos ataúdes, cada uno con el nombre del muerto escrito encima.

Oh, tú, viajero que pasas al lado,
detente un instante...

Un olor a polvo recién sacudido, a cera, a viejo cementerio, impregnaba el ambiente. Dobrilla sentía una opresión en el pecho próxima al llanto. ¿Cómo habían podido privarlos de ellos durante todos aquellos años? Se los habían arrancado como se despoja al mago legendario del cabello que le torna todopoderoso, les habían arruinado la vida privándola de su principal alegría, les habían mutilado sin la menor piedad, tullido, sumido en la impotencia.

«Oh, tú, viajero...» De pronto le pareció distinguir sobre uno de los expedientes el nombre de la doctora Shkreli. Vaya, palomita; fíjate dónde nos encontramos.

Sintió un deseo furioso de arrojarse encima, de arrancarle las tapas con idéntico frenesí con que le habría arrancado a ella sus ropas, sus prendas íntimas, para descubrir su desnudez... Una mano fuerte lo sujetó por el codo.

—No demuestres tanta curiosidad —le murmuró Jovic.

¡Ah, si él supiera lo que estaba pensando!

—Me había parecido ver un nombre conocido.

—De todos modos no se debe manifestar excesiva curiosidad... Habrá tiempo para todo...

Habrá tiempo... se repitió interiormente Dobrilla. Así era en efecto. Las víctimas estaban allí aprisionadas para siempre, sin esperanza de liberación. De una prisión era posible fugarse, incluso de una tumba podía extraerse un cadáver a escondidas, pero de una ficha jamás podía escapar persona alguna.

Dobrilla tomó aliento pesadamente. Caminaban despacio, pensativos, uno tras otro junto a aquellos estantes repletos, y una nueva oleada de angustia invadió su pecho. Les habían mantenido separados de ellos tantos años y ahora se los restituían, pero qué quieres, ya era un poco tarde. Serían otros quienes disfrutarían de sus placeres.

Con el rabillo del ojo observaba su brillo blanquecino sobre las estanterías, tan hermosos, tan flamantes, inasequibles al paso del tiempo, mientras que ellos estaban cubiertos de canas y arrugas.

De pronto, argénteo, tembloroso, como si fuera una lágrima caída de sus ojos, Dobrilla vio cómo resbalaba un gusano entre una pila de expedientes.

A duras penas logró reprimir el llanto.

11. Día de diferenciación

Tal como era de prever, la situación volvió a endurecerse. En unas pocas horas cundió el rumor de que habían sido desempolvadas ciento cuarenta mil fichas, provocando la misma angustia que el decreto de puertas abiertas, si no más. Doblemente al descubierto ahora, las gentes se aprestaban a sufrir un incremento de la presión.

En la clínica quirúrgica, como en todas partes, se reiniciaron las asambleas. Las mismas personas presidiendo, el mismo breve discurso de apertura del subdirector, después la disertación del delegado y el inicio de las declaraciones de los testigos, que repetían casi literalmente sus anteriores palabras: la noche del 31 de marzo yo estaba de servicio en la clínica; o bien: después de recibir instrucciones, la mañana del primero de abril...

La doctora Shkreli sentía insistentes ganas de vomitar. Eran las mismas frases, las mismas pausas jalonándolas, incluso los mismos «sin embargo», «en realidad», «no sabría decir», etcétera, repetidos e idénticos hasta la náusea.

¿Hasta cuándo durará esta vergüenza?, se preguntaba y acto seguido improvisaba un discurso que tarde o temprano, estaba segura, acabaría pronunciando en una de aquellas reuniones. Sí, es verdad, nosotros atendimos a los heridos a sabiendas de que llegaban directamente del lugar de la manifestación; sí, lo hicimos con plena conciencia, y lo volveremos a hacer si llega a producirse una nueva matanza. Sí, sí, sí, que todo el mundo se entere bien, hicimos lo que en cualquier época y en cualquier rincón del planeta es considerado un precepto moral y humano. Por el contrario, el objetivo que se pretende alcanzar en estas asambleas es inmoral e inhumano, y así ha sido considerado en todas las épocas, incluso en la Edad Media, hasta en los países más remotos de la Tierra. Pongan fin cuanto antes a esta ignominia.

De la sala llegaban las voces monótonas de los interrogados. Era como un disco rayado, girando sin cesar. Quién ordenó el incremento de las camas la noche del 31 de marzo. Qué pasó con el libro de los muertos... La intervención de la anestesista parecía volver a sumir a la sala en el sueño. Cuenten hasta diez: uno... dos... tres..., seguían después cifras en la extraña lengua de los gitanos. Y en la duermevela general se alzaba la voz distante del delegado. ¿Dónde están los muertos?

Qué absurda pregunta, se dijo Teuta. Los muertos ya se sabe donde están: en la muerte.

Caía la tarde. Tras los grandes ventanales, el día se extinguía rápidamente. Otro día que el Señor había hecho más corto, como decía la vieja Sanije.

12. Noche, día, después ocaso

Transcurrió otra noche de puertas abiertas y después, según la regla vigente desde hace millones y millones de años, despuntó el día. Este, como todos los que le habían precedido recientemente, era diferenciador. El sol salió a las 4:53 h. y se pondría a las 18:26 h. Como de costumbre, se reunieron todos en la gran sala, la presidencia tomó asiento, como viejos personajes recién surgidos de la Edad de Piedra, y después, mientras de la anestesista emanaba el olor familiar del éter, se oyó repetir entre arcadas: ¿quién incrementó el número de camas la noche del 31 de marzo? ¿Qué sucedió con los muertos?

Era poco más o menos la misma hora de la tarde cuando parecidas preguntas bullían en el cerebro del profesor Martin Shkreli, mientras daba su paseo vespertino a escasos metros de su casa. Caía el crepúsculo y una luna blanca como de hospital pendía hacía rato sobre el horizonte.

Estaba pensando en su mujer. ¿Cómo se conduciría frente a las preguntas que retumbaban en aquella sala infernal? ¿Por orden de quién se habrían añadido las camas el 31 de marzo? ¿Qué habría sido de la lista de los heridos? ¿Acaso ellos mismos...?

Uno de ellos está conmigo, pensó. Su gemido al menos, en ausencia de su cuerpo.

Cuanto más escuchaba la cinta, más se convencía de que aquel delirio y aquel lamento pertenecían a Shpend Brezftoht.

Tal vez volviera a encontrarlo un día (un día republicano), y entonces le diría: ven a casa, Shpend, tengo un recuerdo para ti.

Hacía rato que había oscurecido, pero no le apetecía regresar a casa. Se acordó de pronto de los expedientes que habían decidido desenterrar. ¿Qué habrá en mi ficha?, pensó. Sentía casi físicamente el contacto de unas manos extrañas que manoseaban episodios pasados de su vida, unas manos torpes e ignorantes. Un escalofrío de repulsión le recorrió. ¡Repugnantes tiempos!, se dijo.

La calle estaba ya desierta. Eso significaba que había pasado la hora del toque de queda. Sin embargo él no apresuró el paso. Sobre las fachadas de las casas, sobre los muros circundantes de las villas de dos plantas, la luna derramaba la misma luz estéril en forma de vendas, en la que las clemátides sembraban sombras oscuras.

De repente, se detuvo. Entre dos árboles, tras las verjas de una villa a medias iluminada por la luna, distinguió unas siluetas. Era una pareja, dos jóvenes, encuentro habitual en aquella calle antes de los disturbios. Y sin embargo no era la reaparición de algo provisionalmente vedado lo que le impresionaba. No, aquello era imposible... Los cabellos negros del muchacho contrastaban con su semblante, al que la luna confería una blancura irreal, como si fuera una máscara. Los cabellos de ella, en cambio, resultaban evanescentes, lo mismo que un cristal empañado... ¡Sí, eran ellos, Shpend Brezftoht y Mladenka Markovic!

Como si temiera haberse equivocado, no quiso volver la cabeza. Continuó caminando, incluso más rápido que antes, sin preguntarse siquiera si eran realmente ellos, pues otros interrogantes le asaltaban ya, de forma más apremiante. ¿Cómo habrían podido reencontrarse entre el odio general? ¿Le habría escondido ella, le habría curado en secreto y se estaban despidiendo en ese mismo instante? ¿O, al abrazarlo así, Mladenka trataba de pedirle perdón y él, con una simple caricia, deslizando su mano por la melena de su joven amiga, le expresaba ese perdón; o ni una cosa ni la otra, sino que se trataba simplemente de un hombre y una mujer abrazados, al margen del tiempo y de los acontecimientos del mundo?

¿Será posible?, se preguntaba, al tiempo que apresuraba el paso todavía más. ¿Será posible que el cortejo nupcial, después de permanecer helado durante mil años, haya escogido precisamente estos tiempos para dar su primera señal de resurrección?

Continuaba sumido en estos pensamientos cuando se encontró frente a su propia puerta. Entró y, nada más ver a su mujer que le salía al paso inquieta, sin darle la menor explicación por la tardanza, sin preguntarle siquiera cómo había pasado el día, le dijo:

—Me parece haber visto a Shpend Brezftoht... Vivo... Junto al muro de una villa.

13. Ni día ni noche. Otro tiempo

Shpend Brezftoht no estaba junto al muro de aquella villa. Se encontraba muy lejos del lugar donde Martin Shkreli había creído verlo, más allá incluso de las afueras de la ciudad. Su rostro y su cuerpo estaban cubiertos de tierra, un barro fluido mezclado con grava, de modo que, por cerca que se pasara y cualquiera que fuese el medio de iluminación de que se dispusiera, habría resultado imposible distinguirlo. En cuanto a la luna, por más que resplandeciera, no podía alcanzarlo con su luz por la simple razón de que se encontraba bajo la tierra.

Se ignoraba quién lo había sepultado. La tierra que lo cubría era surcada por un manantial subterráneo, y solo la caricia del agua hacía ondular sus cabellos, en el sentido de su propio curso, peinándolos sin cesar.

Bajo la tierra imperaba la quietud y su pecho, sus costillas reventadas por el acero reposaban en silencio; sin embargo, sin duda procedente de su último suspiro, un viento

se alzaba sobre el declive y llevaba su lamento hacia el alti-
plano de Kosova, arremolinándose en el límite de ciudades
y aldeas, precipitándose a través de las carreteras, para llegar por fin al pie de las montañas de Sharr, allá donde las
roquedas, envueltas en un resplandor escaso, se asemejan
en verdad a un cortejo nupcial helado en la nieve.

1981-1983